S0-CFQ-010

COLLECTION POÉSIE

ROBERT DESNOS

Fortunes

GALLIMARD

© *Éditions Gallimard*, 1945.

Fortunes

(1942)

I

SIRAMOUR

Semez, semez la graine
Aux jardins que j'avais.
Je parle ici de la sirène idéale et vivante,
De la maîtresse de l'écume et des moissons de la nuit
Où les constellations profondes comme des puits grincent
    de toutes leurs poulies et renversent à pleins seaux sur
    la terre et le sommeil un tonnerre de marguerites et
    de pervenches.
Nous irons à Lisbonne, âme lourde et cœur gai,
Cueillir la belladone aux jardins que j'avais.
Je parle ici de la sirène idéale et vivante,
Pas la figure de proue mais la figure de chair,
La vivante et l'insatiable,
Vous que nul ne pardonne,
Ame lourde et cœur gai,
Sirène de Lisbonne,
Lionne rousse aux aguets.
Je parle ici de la sirène idéale et vivante.
Jadis une sirène
A Lisbonne vivait.
Semez, semez la graine
Aux jardins que j'avais.

Que Lisbonne est jolie.
La fumée des vapeurs
Sous la brise mollie
Prend des formes de fleurs.

Nous irons à Lisbonne
Ame lourde et cœur gai,
Vous que nul ne pardonne,
Lionne rousse aux aguets.

Semez, semez la graine,
Je connais la chanson
Que chante la sirène
Au pied de la maison.

Nous irons à Lisbonne
Ame lourde et cœur gai,
Cueillir la belladone
Aux jardins que j'avais.

Il est minuit très noire,
La nuit toutes les fleurs,
Versez, versez à boire,
Sont de même couleur.

Je connais la sirène
Je connais sa chanson :
Voyez sa robe traîne
Et charme les poissons.

Mais la graine qui germe
Connaîtra pas ses fleurs.
Chaque jour a son terme,
Chaque amour ses douleurs.

Tout en elle est semblable à l'eau, son élément,
Mais à l'eau de montagne et qui glace les membres
Du nageur qui s'y risque et devient son amant :
Il souffre. Il sombre. Il meurt dans ces flots de décembre.

Allongée dans son lit, le tain de son miroir,
Elle épouse docile un corps et son image,
Quitte à rendre à la terre un cadavre le soir.
Les oiseaux de sa rive ont un charmant ramage.

Cette eau qui désaltère est fatale au buveur.
On le retrouve mort auprès de quelque borne
Et d'un plus sûr poignard poignardé en plein cœur
Que celui que l'on trempe en cette onde qui s'orne

Des cristaux de la lune et de l'azur polaire
Et qui chante en coulant sur les fonds de cailloux
Et qui rugit au fond des gorges solitaires
Ainsi qu'une putain battue par son voyou.

Mais celui-là qui peut, plongeur au cœur robuste,
Atteindre l'autre rive et sécher au soleil
Les gouttes scintillant sur ses reins et son buste
Et la boue des bas-fonds collée à ses orteils,

Est désormais trempé comme un poignard de mort,
Une lame de crime aux touches sans remède,
Un estoc de jadis pour redresseur de torts,
Plus dur que les aciers de Sheffield et Tolède.

Honneur à toi, Sirène, honneur à toi torrent,
O femme dont l'amour trempe une âme solide.
Qu'importe si ta bouche aux baisers effarants
Fut salée par les pleurs de tes amants avides.

Don Juan te rencontra avant les mille et trois.
C'est toi qui lui donnas son tourment et son charme,
C'est l'écho de tes chants qu'écoutaient dans sa voix
Celles qu'il abîmait dans l'amour et les larmes.

Les deux fils de Don Juan apprirent par tes lèvres,
Lord Byron le destin, le courage et l'orgueil,
Et Nerval où trouver le philtre d'outre-fièvres
Pour te ressusciter dans ses rêves en deuil.

*Il est minuit au pied du château qui n'est ni celui de la
Belle au bois dormant, ni le seul en Espagne, ni le roi des
nuages mais celui dont les murailles dressées au sommet d'une
montagne dominent la mer et la plaine et maints autres
châteaux dont les tours blanchissent au loin comme les
voiles perdues sur la mer. Il est minuit dans la plaine et sur
la mer, il est minuit dans les constellations vues d'ici et
voici que l'étoile, la tantôt noire, la tantôt bleue, surgit
au-delà de l'écume éclatée comme un orage bas dans les
ténèbres liquides. A ses rayons, la bouteille abandonnée
dans l'herbe et les ajoncs s'illumine des voies lactées qu'elle*

paraît contenir et ne contient pas car, bien bouchée, elle recèle en ses flancs la sirène masquée, la captive et redoutable sirène masquée, celle qu'on nomme l'Inouïe dans les mers où jamais elle ne daigne chanter et la Fantomas dans les rêves. Et, vrai, vêtue du frac et du haut de forme, on l'imagine parcourant un bois de mauvais augure tandis que les musiques d'une fête lointaine somment vainement les échos de ramener à elles ce charmant travesti. On l'imagine encore, amazone, dans ce même bois, à l'automne, serrant contre elle un bouquet de roses trop épanouies dont les pétales s'envolent sous les efforts combinés du vent et du trot de son cheval.

Pour l'instant captive elle attend la délivrance dans sa prison bien bouchée par une main amoureuse, tandis qu'une lettre, non remise à son destinataire, moisit sur le sol. C'est l'heure où les dés et les horloges font des bruits singuliers qui étonnent les veilleurs. C'est l'heure où l'amant qui déshabille sa maîtresse s'étonne du crissement musical et inaccoutumé de la soie et du linge. Pâles et rêveurs, tous écoutent ces manifestations de l'invisible qui n'est que leurs pensées et leurs rêves et, ceux-là, sur les chiffres fatidiques et, ceux-ci, sur l'heure qui marqua jadis le rendez-vous manqué et, les derniers, sur l'éclat de la chair admirable éternisent quelques secondes leurs regards qui, soudain, voient loin, très loin au-delà des enjeux et des changements de date, au-delà des caresses et des serments, au-delà même des chants indéchiffrables des sirènes. Il est minuit sur le château, sur la plaine et sur la mer.

Il est minuit sur les jeux et les enjeux.
Il est minuit au cadran des horloges.

Il est minuit sur l'amour et sur les lettres égarées et la sirène chante, mais sa voix ne dépasse pas les parois de verre, mais le buveur survient et boit la chanson et libère la sirène, celle qu'on nomme l'Inouïe et qu'on nomme aussi la Fantomas.

Cigogne étoile aimée du silence et des sens
Baisers défunts des rois la lance désirée
Le cercle tracé sous les toits du ciel assassin
Par le sang sans vergogne et les roses et les fourrés
Bourgogne naissante à l'aube d'un baiser
Bateaux encerclés intelligibles paroles du cercle
En trois segments martyrisé
Du signe plus reliant l'amant à sa maîtresse
L'hippocampe à la sirène
Et que nul ne les atteigne ni ne les sépare.
Que ceux qui le tenteraient
Soient confondus s'ils sont de mauvaise foi
Réduits à l'impuissance s'ils sont de bonne foi.
Que rien par ce cercle qui les isole
Ne sépare la sirène de l'hippocampe

L'hippocampe de la sirène
Et que dit-il lui :
Que rien ne l'atteigne elle
Dans sa beauté dans sa jeunesse dans sa santé
Dans sa fortune dans son bonheur et dans sa vie.

Que le buveur, ivre de la chanson, parte sur un chemin biscornu bordé d'arbres effrayants au bruit de la mer hurlant et gueulant et montant la plus formidable marée de tous les temps, non hors de son lit géographique, mais coulant d'un flux rapide hors de la bouteille renversée tandis que, libre, la sirène étendue sur le sol non loin de cette cataracte, considère l'étoile, la tantôt noire, la tantôt bleue, et s'imagine la reconnaître et la reconnaît en effet.

Ceci se passe, ne l'oublions pas, dans une véritable plaine, sur un véritable rivage, sous un véritable ciel. Et il s'agit d'une véritable bouteille et d'une véritable sirène, tandis que s'écoule une mer véritable qui emporte la lettre et monte à l'assaut du château.

Écoulement tumultueux du contenu de l'insondable bouteille. C'était pourtant une bouteille comme les autres et elle ne devait pas contenir plus de 80 centilitres et, pourtant, voilà que l'Océan tout entier jaillit de son goulot où adhèrent encore des fragments de cire. Frémissement des monts et des fondations du château sous l'assaut de l'eau, déplacement de l'étoile, rien ne peut distraire la sirène de sa rêverie en proie à sa propre respiration, dans l'odeur de violette de la nuit. Monte, monte Océan, roule tes vagues et reflète en les déformant les monstres inscrits dans les constellations et joyeux de se mesurer avec les terribles créatures de tes cavernes et de tes gouffres, monte, monte, emporte les buissons de thym et de prunelliers et fais, l'un sur l'autre, ébouler les tumulus de glaise et d'argile et les tas de cailloux, renverse la tombe oubliée par un criminel d'autrefois et un fossoyeur paresseux à l'aube d'un jour d'été où les diamants de la vie résonnaient formidablement dans les verres du cabaret et s'étalaient en cartes d'îles inconnues sur la nappe blanche.

Monte, monte et roule ton écume en fourrures élégantes puisque la sirène se plonge en toi, se roule en toi et monte avec toi vers le porche obscur du château, citadelle d'ombre et de fantômes, béant sur la ligne d'horizon qu'il engloutit interminablement.

Et voici que la sirène pénètre dans le château et s'égare dans un long corridor de draperies et de toiles d'araignées à l'issue duquel, lance et flamme et épée dans les mains, dans son armure de fer l'attend un chevalier.

Long combat, mêlée où le cliquetis de l'armure se mêle au cliquetis des écailles, éclairs des épées dans l'ombre, ahan des combattants, reflets des étoiles du ciel sur la cuirasse et les cuissards et de l'Océan sur la queue de la sirène, sang s'insinuant dans les jointures des dalles, souffle qui fait vibrer les toiles d'araignées. L'une de celles-ci s'agite sur le mur et son ombre en fait une créature abominablement géante.

Quand la sirène s'éloigne, les pièces de l'armure baignent, pêle-mêle, dans le sang, sur le sol, tandis qu'à son tour la tantôt noire, la tantôt bleue, pénètre à son tour dans le corridor, s'empare de l'épée du chevalier, attaque la sirène.

Escrime fabuleuse, ce spectacle je le vois, il se déroule sous mes yeux, escrime fabuleuse que celle de l'étoile dont les branches se rétractent et s'allongent tour à tour. Zigomar du ciel, astucieuse duelliste, étoile, ton dernier reflet est parti vers des planètes distantes de millions et millions de kilomètres et, demain, dans des millions d'années, les astronomes surpris de ne plus voir ton fanal parmi les récifs sidéraux publieront qu'un grand naufrage vient d'avoir lieu dans les espaces célestes et qu'il faut noter ta disparition sur la liste déjà longue des phénomènes inexplicables et je doute que l'on donnerait créance à qui dirait que c'est une sirène qui, te frappant dans ton cœur à cinq branches, a supprimé ton éclat de l'écrin des comètes, des soleils, des planètes, des nébuleuses et de tes sœurs, les autres étoiles, parmi lesquelles te regretteront tes compagnes préférées, l'étoile du Nord et l'étoile du Sud.

O sirène! je te suivrai partout. En dépit de tes crimes, compte tenu de la légitime défense, tu es séduisante à mon cœur et je pénètre par ton regard dans un univers sentimental où n'atteignent pas les médiocres préoccupations de la vie.

Je te suivrai partout. Si je te perds, je te retrouverai, sois-en sûre et, bien qu'il y ait quelque courage à t'affronter, je t'affronterai car il ne s'agit de souhaiter ici ni victoire ni défaite tant est beau l'éclat de tes armes et celui de tes yeux quand tu combats.

Marche dans ce château désert. Ton ombre surprend, c'est sûr, les marches des escaliers. Ta queue fourchue se prolonge longuement d'étage en étage. Tu étais tout à l'heure au plus profond des souterrains. Te voici maintenant au sommet du donjon. Soudain tu t'élèves, tu montes, tu t'éloignes en plein ciel. Ton ombre, d'abord immense, a diminué rapidement et ta minuscule silhouette se découpe maintenant sur la surface de la lune. Sirène tu deviens flamme et tu incendies si violemment la nuit qu'il n'est pas une lumière à subsister près de toi dans des parterres de fleurs inconnues hantées par les lucioles.

Bonjour la flamme.

Elle me tend ses longs gants noirs.

Et c'est le matin le feu l'aube et les ténèbres et l'éclair.

Bonjour la flamme.

Tu ne me brûles pas.

Tu me transportes.

Et je ne serais plus que cendre, ô flamme, si tu m'abandonnais.

Alors, comme les astres tombaient du ciel sur le lac invisible dans lequel je m'enfonçais avec délices,

Elle mit ses mains à mon cou et, me regardant dans les yeux de ce regard que mes yeux absorbent, elle dit :

« C'est toi que j'aurais dû aimer. »

Souviens-toi de cette parole pour les années futures, toi seule digne d'incarner l'inégalable amour que je portais à une autre à jamais disparue,

Et puisses-tu ne jamais la prononcer de nouveau

Dans un carrefour de rides, sous un ciel de jours fanés et de désirs abolis.

Je baise tes mains,

Tu as le droit de ne pas m'aimer

Insensé celui qui le méconnaît

Je baise tes mains.

Très haut dans le ciel montent les fumées calmes et le chant d'un oiseau si difforme que les nuages n'osent l'accueillir et que le ciel est plus clair et plus pur quand vole cet oiseau solitaire.

Je baise tes mains.

Je baise tes mains avant le départ pour la nuit, à l'arrivée des cauchemars, quand tu dors et quand tu rêves et quand tu penses à moi et quand tu n'y penses pas.

Je baise tes mains, tu as le droit de ne pas m'aimer.

Et toi,
Te souviens-tu de cette sirène de cire que tu m'as
   donnée?
Tu te prévoyais déjà en elle et dans celle qui te
ressemble.
Tu ne meurs pas de la transfiguration de mon amour,
   mais tu en vis, elle te perpétue.
Car c'est l'amour qui prévaut même sur toi, même sur
   elle.
Et tu ne seras vraiment morte
Que le jour où j'aurai oublié que j'ai aimé.
Cette sirène que tu m'as donnée, c'est elle.
Sais-tu quelle chaîne effrayante de symboles m'a conduit
   de toi qui fus l'étoile à elle qui est la sirène?
O sœurs parallèles du ciel et de l'Océan!
Mais toi.
Je t'ai rencontrée l'autre nuit,
Une fameuse nuit d'orages, de larmes, de tendresse et de
   colère.
Oui, je t'ai rencontrée, c'était bien toi.
Mais quand je me suis approché et que je t'ai appelée et
   que je t'ai parlé,
C'est une autre femme qui m'a répondu :
Comment savez-vous mon nom?

Regarde ton nouveau visage, car tu n'es pas morte.
Par la grâce de l'amour regarde ton nouveau visage.
Regarde, il est aussi beau que fut le premier.
Tu n'as guère changé.
Tes yeux de pervenche, tes yeux désormais éteints ne
   brillent plus dans un visage douloureux et ironique.
Non, deux yeux plus sombres dans un visage à la fois
   plus sévère et plus gai.

Elle aime comme toi les petits bistros, les zincs à l'aube
dans les quartiers populaires, la joie des ouvriers
quand ils sont joyeux.

Te rappelles-tu une nuit d'abîmes ?

Nous avons passé devant le Trocadéro et au–delà, sur un
boulevard où passe le métro aérien, non loin du Vel'
d'Hiv'.

Nous avons bu de la bière au « Rendez-vous des camion-
neurs ».

Il était six heures du matin.

Un plombier plaisanta longtemps avec nous.

Et, une autre fois, dans ce café où l'on sert du faro et
de la gueuse lambik, te souviens-tu de Marie de la
gare de l'Est ?

Elle fut jadis belle, aimée, riche.

Elle se lave maintenant aux fontaines Wallace.

Mais, comme elle a gardé un certain goût de luxe,

Une fois par mois elle va se faire épouiller dans un
hôpital.

Il me semble parfois que ce n'est pas avec toi mais avec
ton nouveau corps, ton nouveau visage, que j'ai vu
toutes ces choses.

Regarde, regarde ton nouveau visage.

Il est aussi beau que fut le premier.

Regarde, regarde ton nouveau corps.

Je me souviens de la rencontre entre ces deux visages de
mon amour, de mon unique amour.

C'est peut-être de cela que tu es morte.

Mais tu vis, vous vivez,

Amantes bien nommées, insoumises à mon amour,

Visages bien nommés, corps bien nommés.

Je pleure sur la mémoire que tu perdis en mourant, mais
la mort m'est indifférente.

Moi, je me souviens.
Je te trouve semblable à toi-même,
Aussi cruelle et aussi douce,
Et ne m'accordant tellement
Que pour me faire plus violemment regretter le peu que
   tu me refuses.

Nous voici vieux déjà tous deux.
Nous avons trente ans de plus qu'aujourd'hui,
Nous pouvons parler de jadis sans regret, sinon sans désir.
Tout de même nous aurions pu être heureux,
S'il était dit qu'on puisse l'être
Et que les choses s'arrangent dans la vie.
Mais du malheur même naquit notre insatiable, notre
   funeste, notre étonnant amour.

Et de cet amour le seul bonheur que puissent connaître
   deux cœurs insatiables comme les nôtres.
Écoute, écoute monter les grandes images vulgaires que
   nous transfigurons.
Voici l'Océan qui gronde et chante et sur lequel le ciel se
   tourmente et s'apaise semblable à ton lit.
Voici l'Océan semblable à notre cœur.
Voici le ciel où naufragent les nuages dans l'éclat triste
   d'un fanal promené à tour de rôle par les étoiles.
Voici le ciel semblable à nos deux cœurs.
Et puis voici les champs, les fleurs, les steppes, les déserts,
   les plaines, les sources, les fleuves, les abîmes, les
   montagnes
Et tout cela peut se comparer à nos deux cœurs.
Mais ce soir je ne veux dire qu'une chose :
Deux montagnes étaient semblables de forme et de
   dimensions.

Tu es sur l'une
Et moi sur l'autre.
Est-ce que nous nous reconnaissons?
Quels signes nous faisons-nous?
Nous devons nous entendre et nous aimer.
Peut-être m'aimes-tu?
Je t'aime déjà.
Mais ces étendues entre nous, qui les franchira?
Tu ne dis rien mais tu me regardes
Et, pour ce regard,
Il n'y a ni jour ni étendue
Ma seule amie mon amour.

Je n'ai pas fini de te dire tout.
Mais à quoi bon...
L'indifférence en toi monte comme un rosier vorace qui,
    détruisant les murailles, se tord et grandit,
Étouffe l'ivrogne de son parfum...
Et puis, est-ce que cela meurt?
Un clair refrain retentit dans la ruelle lavée par le matin,
    la nuit et le printemps.
Le géranium à la fenêtre fermée semble deviner l'avenir.
C'est alors que surgit le héros du drame.
Je ne te conte cette histoire qui ne tient pas debout que
    parce que je n'ose pas continuer comme j'ai commencé.
Car je crois à la vertu des mots et des choses formulées

Nul jeu, ce soir, sur la table de bois blanc.
Un ciel creux comme une huître vide
Une terre plate
La demoiselle sans foudre apparaîtra-t-elle?
Un cœur de poisson abandonné sur le carrelage d'une
    cuisine n'en peut plus d'ennui.

Il se gonfle
Près de lui dans la boîte à ordures luit l'arête.
Corridor sombre traversé par les chats
Une porte de saltimbanque s'ouvre et se ferme alterna-
tivement sur une femme, sur un homme, sur un
homme, sur une femme.
Et la demoiselle sans foudre dit qu'au carrefour d'aubé-
pines et de sainfoin elle perdit un bas
Qu'elle perdit l'autre au pied du chêne fendu
Et sa chemise sur la berge.
La demoiselle sans foudre est nue toute nue
Elle tient un cœur palpitant de poisson dans la main
Elle regarde vaguement devant elle
Elle se mord les lèvres jusqu'au sang et parfois s'arrête
et chantonne.
La demoiselle sans foudre est seule toute seule.
Le cœur de poisson palpite dans sa main
L'ombre tombe sur son corps nu et le fait étinceler
C'est ainsi que naissent les constellations
C'est ainsi que naît le désir
C'est alors que se souvenant de lui-même un noctambule
s'arrête sous un réverbère au coin d'une rue, regarde
rougeoyer la lumière.
Et avant de reprendre son chemin s'imagine tel qu'il
était des années auparavant avec son regard vif et sa
bouche sanglante.
A l'heure où la demoiselle sans foudre venait tendrement
le border dans son lit.

La sirène rencontre son double et lui sourit.

*Elle s'endort alors du sommeil adorable dont elle ne
s'éveillera pas.*

Elle rêve peut-être. Elle rêve certainement. Nous sommes

au matin d'un jour de moissons lumineuses et de tremble-
ments de terre et de marées de diamants, les premières retom-
bant sur tes cheveux et surgissant de tes yeux, les seconds
signalant ta promenade et les troisièmes montant à l'assaut
de ton cœur.

Il est cinq heures du matin dans la forêt de pins où se
dresse le château de la sirène, mais la sirène ne s'éveillera
plus car elle a vu son double, elle t'a vu. Désormais ton
empire est immense.

D'un sentier sort un bûcheron sur lequel la rosée tremble et
s'étoile.

Au premier arbre qu'il abat surgit un grand nombre de
libellules !

Elle s'éparpillent dans des territoires de brindilles.

Au second arbre se brisent les premières vagues.

Au troisième arbre tu m'as dit :

« Dors dans mes bras. »

Tu diras au revoir pour moi à la petite fille du pont
   à la petite fille qui chante de si jolies chansons
   à mon ami de toujours que j'ai négligé
   à ma première maîtresse
   à ceux qui connurent celle que tu sais
   à mes vrais amis et tu les reconnaîtras aisément
   à mon épée de verre
   à ma sirène de cire
   à mes monstres à mon lit
Quant à toi que j'aime plus que tout au monde
Je ne te dis pas encore au revoir
Je te reverrai
Mais j'ai peur de n'avoir plus longtemps à te voir.

Amer destin celui de compter la feuille et la pierre
blanche
Malice errant le premier du mois de mai
Salua d'un cœur vaillant chapeau claque et gants
blancs
Salua dis-je le dis-je et la lune en mousseline
Salua bien des choses
Salua surtout le dis-je
Salua vraiment salua
Salua
Et comme j'ai l'honneur de le dire
La cataracte du Niagara ne tiendrait peut-être pas dans
votre verre
Peut-être pas Monsieur peut-être
Peut-être et comment va Madame peut-être
Madame peut-être s'ennuie
Madame peut-être a des vapeurs
Peut-être.

Quand il mit son doigt sur le plaid
Sur le plaid d'Égypte monsieur mais oui
Nous ne sommes pas tous comme ça dans la famille
C'est heureux pour mon père et ma mère
Et pourtant plus on est de fous...
Oui c'est heureux
Plus on rit
Oui
J'ai écrit cette chanson qui en vaut bien d'autres
Un soir où je n'étais ni gai ni triste
Bien que de jour en jour je connaisse mieux les hommes
Ni gai ni triste
Un soir où je n'avais pas bu
Un soir où j'avais vu celle que j'aime

J'ai écrit cette chanson qui en vaut bien d'autres
Pour amuser celle que j'aime.

Mais je connais une chanson bien plus belle
Celle d'une aube dans la rue ou parmi les champs prêts
   à la moisson ou sur un lit désert
On a brûlé ce début de printemps les dernières bûches
   de l'hiver
De vieilles douleurs deviennent douces au souvenir
Des yeux plus jeunes s'ouvrent sur un univers lavé
J'ai connu cette aube grâce à toi
Mais se lèvera-t-elle jamais
Sur les douleurs que tu provoques?

Tu sais de quelle apparition je parle
Et de quelle réincarnation
Coulez coulez larmes et fleuves
Et vins dans les verres.

Le temps n'est plus où nous riions
Quand nous étions ivres.

Elle est haut la sirène parmi les étoiles sœurs de la vaincue.
Impératrices de peu de nuages, reines d'une heure de la
nuit, planètes néfastes. Et voici que d'un seul bond, d'une
seule chute, la sirène plonge dans la mer au milieu d'une
gerbe d'écume qui fait pâlir la Voie Lactée.

L'épave est toujours à la même place enlisée dans le
sable où ses armes rouillées ont des allures de poulpes.

Une huître gigantesque bâille et montre sa gigantesque perle dans l'orient de laquelle le homard et le crabe écartent les algues comme une forêt vierge.

Il était une fois une algue errante
Il était une fois un rein et une reine
Dans des courants de tulle et de tussor
Une algue qui avait vu bien des choses, bien des actes
    répréhensibles
Et bien des couchers de soleil
Et bien des couchers de sirènes.
Elle voguait à l'aventure, rêvant aux résédas qui s'ennuient dans leur pot de terre sur l'appui de la fenêtre des demoiselles vieillies par l'abstinence et le regret de leur jeunesse.
Une hélice après l'autre avait meurtri les branches et les graines magiques de cette algue qui se dissolvait lentement en pourriture dans l'eau salée.
Un poisson volant lui dit : Bonjour l'algue.
Car, si l'on peut donner la parole à un poisson volant, il n'est pas d'exemple qu'on puisse la donner à une algue perdue au large, détachée d'on ne sait quel haut-fond et travaillée par les phénomènes de la dissolution et de la germination.
La sirène, je la perds, je crois la perdre, mais je la retrouve toujours, la sirène nage vers la plage, pénètre dans la forêt du rosier mortel et, là, rencontre l'oiseau hideux, l'oiseau muet et, durant un jour ou mille ans, lui apprend à chanter et transfigure cette bête.
Les arbres se penchent longuement sur cette rencontre et des drapeaux inconnus fleurissent dans leur feuillage.
Fougères, rasoirs, baisers perdus, tout s'écroule et renaît par une belle matinée tandis que, par un sentier

désert, délaissant sur l'herbe les cartes d'une réussite
certaine, la sirène s'éloigne vers la plage d'où elle
partit au début de cette histoire décousue.
Regagne la plage au pied du château fort
La mer a regagné son lit
L'étoile ne brille plus mais sa place décolorée comme
une vieille robe luit sinistrement.
Regagne la plage.
Regagne la bouteille
S'y couche.
L'ivrogne remet le bouchon
Le ciel est calme.
Tout va s'endormir au bruit du flux blanchi d'écume.

Oh rien ne peut séparer la sirène de l'hippocampe!
Rien ne peut défaire cette union
Rien
C'est la nuit
Tout dort ou fait semblant de dormir
Dormons, dormons,
Ou faisons semblant de dormir.
Ne manie pas ce livre à la légère
A la légère à la légère à la légère à la légère.
Je sais ce qu'il veut dire mieux que personne.
Je sais où je vais,
Ce ne sera pas toujours gai.
Mais l'amour et moi
L'aurons voulu ainsi.

II

THE NIGHT OF LOVELESS NIGHTS

(1930)

Nuit putride et glaciale, épouvantable nuit,
Nuit du fantôme infirme et des plantes pourries,
Incandescente nuit, flamme et feu dans les puits,
Ténèbres sans éclairs, mensonges et roueries.

Qui me regarde ainsi au fracas des rivières ?
Noyés, pêcheurs, marins ? Éclatez les tumeurs
Malignes sur la peau des ombres passagères,
Ces yeux m'ont déjà vu, retentissez clameurs !

Le soleil ce jour-là couchait dans la cité
L'ombre des marronniers au pied des édifices,
Les étendards claquaient sur les tours et l'été
Amoncelait ses fruits pour d'annuels sacrifices.

Tu viens de loin, c'est entendu, vomisseur de couleuvres,
Héros, bien sûr, assassin morne, l'amoureux
Sans douleur disparaît, et toi, fils de tes œuvres,
Suicidé, rougis-tu du désir d'être heureux ?

33

Fantôme, c'est ma glace où la nuit se prolonge
Parmi les cercueils froids et les cœurs dégouttants,
L'amour cuit et recuit comme une fausse oronge
Et l'ombre d'une amante aux mains d'un impotent.

Et pourtant tu n'es pas de ceux que je dédaigne.
Ah! serrons-nous les mains, mon frère, embrassons-nous
Parmi les billets doux, les rubans et les peignes,
La prière jamais n'a sali tes genoux.

Tu cherchais sur la plage au pied des rochers droits
La crique où vont s'échouer les étoiles marines :
C'était le soir, des feux à travers le ciel froid
Naviguaient et, rêvant au milieu des salines,

Tu voyais circuler des frégates sans nom
Dans l'éclaboussement des chutes impossibles.
Où sont ces soirs? O flots rechargez vos canons
Car le ciel en rumeur est encombré de cibles.

Quel destin t'enchaîna pour servir les sévères,
Celles dont les cheveux charment les colibris,
Celles dont les seins durs sont un fatal abri
Et celles dont la nuque est un nid de mystère,

Celles rencontrées nues dans les nuits de naufrage,
Celles des incendies et celles des déserts,
Celles qui sont flétries par l'amour avant l'âge,
Celles qui pour mentir gardent les yeux sincères,

Celles au cœur profond, celles aux belles jambes,
Celles dont le sourire est subtil et méchant,

Celles dont la tendresse est un diamant qui flambe
Et celles dont les reins balancent en marchant,

Celles dont la culotte étroite étreint les cuisses,
Celles qui, sous la jupe, ont un pantalon blanc
Laissant un peu de chair libre par artifice
Entre la jarretière et le flot des volants,

Celles que tu suivis dans l'espoir ou le doute,
Celles que tu suivis ne se retournaient pas
Et les bouquets fanés qu'elles jetaient en route
T'entraînèrent longtemps au hasard de leurs pas

Mais tu les poursuivras à la mort sans répit,
Les yeux las de percer des ténèbres moroses,
De voir lever le jour sur le ciel de leur lit
Et d'abriter leur ombre en tes prunelles closes.

Une rose à la bouche et les yeux caressants
Elle s'acharneront avec des mains cruelles
A torturer ton cœur, à répandre ton sang
Comme pour les punir d'avoir battu pour elles.

Heureux s'il suffisait, pour se faire aimer d'elles,
D'affronter sans faiblir des dangers merveilleux
Et de toujours garder l'âme et le cœur fidèle
Pour lire la tendresse aux éclairs de leurs yeux,

Mais les plus audacieux, sinon les plus sincères,
Volent à pleine bouche à leur bouche un aveu
Et devant nos pensées, comme aux proues les chimères,
Resplendit leur sourire et flottent leurs cheveux.

Car l'unique régit l'amour et ses douleurs,
Lui seul a possédé les âmes passionnées
Les uns s'étant soumis à sa loi par malheur
N'ont connu qu'un bourreau pendant maintes années.

D'autres l'ont poursuivi dans ses métamorphoses :
Après les yeux très bleus voici les yeux très noirs
Brillant dans un visage où se flétrit la rose,
Plus profonds que le ciel et que le désespoir.

Maître de leur sommeil et de leurs insomnies
Il les entraîne en foule, à travers les pays,
Vers des mers éventrées et des épiphanies...
La marée sera haute et l'étoile a failli.

Quelqu'un m'a raconté que, perdu dans les glaces,
Dans un chaos de monts, loin de tout océan,
Il vit passer, sans heurt et sans fumée, la masse
Immense et pavoisée d'un paquebot géant.

Des marins silencieux s'accrochaient aux cordages
Et des oiseaux gueulards volaient dans les haubans
Des danseuses rêvaient au bord des bastingages
En robes de soirée et coiffées de turbans.

Les bijoux entouraient d'étincelles glaciales
Leur gorge et leurs poignets et de grands éventails
De plumes, dans leurs mains, claquaient vers des escales
Où les bals rougissaient les tours et les portails.

Les danseurs abîmés dans leur mélancolie
En songe comparaient leurs désirs à l'acier.

C'était parmi les monts, dans un soir de folie,
De grands nuages coulaient sur le flanc des glaciers.

Un autre découvrit, au creux d'une clairière,
Un rosier florissant entouré de sapins.
Combien a-t-il cueilli de roses sanguinaires
Avant de s'endormir sous la mousse au matin ?

Mais ses yeux ont gardé l'étrange paysage
Inscrit sur leur prunelle et son cœur incertain
A choisi pour cesser de battre sans courage
Ce lieu clos par l'odeur de la rose et du thym.

Du temps où nous chantions avec des voix vibrantes
Nous avons traversé ces pays singuliers
Où l'écho répondait aux questions des amantes
Par des mots dont le sens nous était familier.

Mais, depuis que la nuit s'écroule sur nos têtes,
Ces mots ont dans nos cœurs des accents mystérieux
Et quand un souvenir parfois nous les répète
Nous désobéissons à leur ordre impérieux.

Entendez-vous chanter des voix dans les montagnes
Et retentir le bruit des cors et des buccins ?
Pourquoi ne chantons-nous que les refrains du bagne
Au son d'un éternel et lugubre tocsin ?

Serait-ce pas Don Juan qui parcourt ces allées
Où l'ombre se marie aux spectres de l'amour ?
Ce pas qui retentit dans les nuits désolées
A-t-il marqué les cœurs avec un talon lourd ?

Ce n'est pas le Don Juan qui descend impassible
L'escalier ruisselant d'infernales splendeurs
Ni celui qui crachait aux versets de la Bible
Et but en ricanant avec le commandeur.

Ses beaux yeux incompris n'ont pas touché les cœurs,
Sa bouche n'a connu que le baiser du rêve,
Et c'est celui que rêve en de sombres ardeurs
Celle qui le dédaigne et l'ignore et sans trêve

Heurte ses diamants froids, ses lèvres sépulcrales,
Sa bouche silencieuse à sa bouche et ses yeux,
Ses yeux de sphinx cruels et ses mains animales
A ses yeux, à ses mains, à son étoile, aux cieux.

Mais lui, le cœur meurtri par de mortes chimères,
Gardant leur bec pourri planté dans ses amours,
Pour un baiser viril, ô beautés éphémères,
Vous sauvera sans doute au seuil du dernier jour.

Le rire sur sa bouche écrasera des fraises,
Ses yeux seront marqués par un plus pur destin.
C'est Bacchus renaissant des cendres et des braises,
Les cendres dans les dents, les braises dans les mains.

Mais pour un qui renaît combien qui, sans mourir,
Portent au cœur, portent aux pieds de lourdes chaînes.
Les fleuves couleront et les morts vont pourrir...
Chaque an reverdira le feuillage des chênes.

J'habite quand il me plaît un ravin ténébreux au-dessus
duquel le ciel se découpe en un losange déchiqueté par l'ombre

des sapins, des mélèzes et des rochers qui couvrent les pentes escarpées.

Dans l'herbe du ravin poussent d'étranges tubéreuses, des ancolies et des colchiques survolés par des libellules et des mantes religieuses et si pareils sans cesse, le ciel la flore et la faune où succèdent aux insectes les corneilles moroses et les rats musqués, que je ne sais quelle immuable saison s'est abattue sur ce toujours nocturne ravin, avec son dais en losange constellé que ne traverse aucun nuage.

Sur les troncs des arbres deux initiales, toujours les mêmes, sont gravées. Par quel couteau, par quelle main, pour quel cœur?

Le vallon était désert quand j'y vins pour la première fois. Nul n'y était venu avant moi. Nul autre que moi ne l'a parcouru.

La mare où les grenouilles nagent dans l'ombre avec des mouvements réguliers reflète des étoiles immobiles et le marais que les crapauds peuplent de leur cri sonore et triste possède un feu follet toujours le même.

La saison de l'amour triste et immobile plane en cette solitude.

Je l'aimerai toujours et sans doute ne pourrai-je jamais franchir l'orée des mélèzes et des sapins, escalader les rochers baroques, pour atteindre la route blanche où elle passe à certaines heures. La route où les ombres n'ont pas toujours la même direction.

Parfois il me semble que la nuit vient seulement de s'abattre. Des chasseurs passent sur la route que je ne vois pas. Le chant des cors de chasse résonne sous les mélèzes. La journée a été longue, parmi les terres de labour, à la poursuite du renard, du blaireau ou du chevreuil. Le naseau des chevaux fume blanc dans la nuit.

Les airs de chasse s'éteignent. Et je déchiffre difficile-

ment les initiales identiques sur le tronc des mélèzes qui
bornent le ravin.

Nulle étoile en tombant n'a fait jaillir l'écume,
Rien ne trouble les monts, les cieux, le feu, les eaux,
Excepté cet envol horizontal de plumes
Qui révèle la chute et la mort d'un oiseau.

Et rien n'arrêtera cette plume envolée,
Ni les cheveux luisants d'un cavalier sauvage,
Ni l'encre méprisable au fond d'un encrier,
Ni la vague chantante et le grondant orage,

Ni le cou séduisant des belles misérables,
Ni la branche de l'arbre et le tombeau fermé,
Ni les bateaux qui font la nuit grincer des câbles,
Ni le mur où des cœurs par des noms sont formés,

Ni le chant des lépreux dans les marais austères,
Ni la glace qui dort au fond des avenues
En reflétant sans cesse un tremblant réverbère
Et jamais, belle neige, un corps de femme nue,

Ni les monstres marins aux écailles fumeuses,
Ni les brouillards du nord avec leurs plaies d'azur,
Ni la vitre où le soir une femme rêveuse
Retrace en sa mémoire un amour au futur,

Ni l'écho des appels d'un voyageur perdu,
Ni les nuages fuyards, ni les chevaux en marche,
Ni l'ombre d'un plongeur sur les quais et les arches,
Ni celle du pavé à son cou suspendu,

Ni toi Fouquier-Tinville aux mains de cire claire :
Les étoiles, les mains, l'amour, les yeux, le sang
Sont autant de fusées surgissant d'un cratère.
Adieu ! C'est le matin blanchi comme un brisant.

O mains qui voudriez vous meurtrir à l'amour
Nous saurons vous donner le plus rouge baptême
Près duquel pâliront le feu des hauts fourneaux
Et le soleil mourant au sein des brouillards blêmes.

Les plus beaux yeux du monde ont connu nos pensées,
Nous avons essayé tous les vices fameux,
Mais les baisers et les luxures insensées
N'ont pas éteint l'espoir dans nos cœurs douloureux.

Je vis alors s'ouvrir des portes de cristal
Sur le cristal plus pur d'un fantôme adorable :
« Jetez dans le ruisseau votre cœur de métal
« Et brisez les flacons sur le marbre des tables !

« Crevez vos yeux et vos tympans et que vos langues
« Par vos bouches crachées soient mangées par les chiens,
« Dites adieu à vos désirs, bateaux qui tanguent,
« Que vos mains et vos pieds soient meurtris par des
    liens !

« Soyez humbles, perdez au courant de vos transes
« Votre espoir, votre orgueil et votre dignité
« Pour que je puisse encore augmenter vos souffrances
« En instituant sur vous d'exquises cruautés. »

C'est elle qui parla. C'est aussi l'amoureuse,
C'est le cœur de cristal et les yeux sans pitié,
Les plus beaux yeux du monde, ô sources lumineuses,
La belle bouche avec des dents de carnassier.

Enfonce tes deux mains dans mon cerveau docile,
Mords ma lèvre en feignant de m'offrir un baiser,
Si la force et l'orgueil sont des vertus faciles,
Dure est la solitude à l'amour imposée.

Je parlais d'un fantôme et d'un oiseau qui tombe,
Mon rêve perd les mots que ma bouche employait.
La prairie où je parle est creusée par les tombes
Et l'écho retentit du bruit clair des maillets.

On dresse l'échafaud dans la prison prochaine.
Le condamné qui dort dans un lit trop étroit
Rêve des grands corbeaux qui survolaient la plaine
Quand il y rencontra le désir et l'effroi.

Ces deux spectres zélés cheminaient côte à côte
Déchirant leur manteau et leur face aux branchages,
De faux amants frappés sans merci par leur faute
A leur suite faisaient un long pèlerinage.

Des incendies sifflaient sur les toits des hameaux.
Les poissons attirés par de célestes nasses
Montaient avec lenteur à travers les rameaux.
Des bûcherons sortaient de leurs chaumières basses.

Le condamné qui dort parlait avec l'un d'eux,
Plus spectral que le chêne où se plantait la hache :
« Écoutez, disait-il, mugir au loin les bœufs,
Le vent qui souffle ici brisera leur attache. »

Écoute jusqu'au jour la voix de la cruelle,
Sa bouche a la saveur d'un fruit empoisonné,
Le ciel et la montagne où les troupeaux s'appellent
Viennent de se confondre à nos yeux étonnés.

Charmé par les oiseaux, et par l'amour trompé,
Dans de noirs corridors, sous de sombres portiques,
L'amant recherchera la marque de l'épée
Qu'Isis au cœur de feu dans son cœur a trempée...
O lame au fil parfait, sœur des fleuves mystiques!

L'oiseau qui chantait pour elle
Dans sa cage ne chante plus
Et la reine des hirondelles
Ne tourne plus, ne tourne plus.

Un jour j'ai rencontré le vautour et l'orfraie.
Leur ombre sur le sol ne m'a pas étonné.
J'ai déchiffré plus tard sur des remparts de craie
L'initiale au charbon d'un nom que je connais.

Un vampire a frappé ma vitre de son aile :
Qu'il entre, couronné des algues de l'étang,
Avec son beau collier de vives coccinelles
Qui prédisent l'amour, la pluie et le beau temps.

Coucher avec elle
Pour le sommeil côte à côte
Pour les rêves parallèles
Pour la double respiration

Coucher avec elle
Pour l'ombre unique et surprenante
Pour la même chaleur
Pour la même solitude

Coucher avec elle
Pour l'aurore partagée
Pour le minuit identique
Pour les mêmes fantômes

Coucher coucher avec elle
Pour l'amour absolu
Pour le vice pour le vice
Pour les baisers de toute espèce

Coucher avec elle
Pour un naufrage ineffable
Pour se prostituer l'un à l'autre
Pour se confondre

Coucher avec elle
Pour se prouver et prouver vraiment
Que jamais n'a pesé sur l'âme et le corps des amants
Le mensonge d'une tache originelle

Toujours avoir le plus grand amour pour elle
N'est pas difficile
Mais tout est douteux pour les cœurs de feu, pour les cœurs
   fidèles

Toujours avoir le plus grand amour
Y a-t-il des trahisons involontaires
Non la chair n'est jamais menteuse
Et le corps du plus vicieux reste pur

Pur comme le plus grand amour pour elle
Dans mon seul cœur il fleurit sans contrainte
Nulle boue jamais n'atteignit l'image de celle
La seule aimée dans le cœur de l'amant.

Nulle boue jamais n'atteignit le plus grand amour pour elle
C'est pour sa pureté qu'on admire le diamant
Nulle boue ne tache le diamant ni le cœur de celle
La plus aimée dans le cœur de l'amant

Le plus sincère amant capable du plus grand amour
N'est pas un chaste ni un ascète ni un puritain
Et s'il éprouve le corps des plus belles
C'est qu'il sait bien que le plus beau est celui de l'aimée

Le plus sincère amant est un débauché
Sa bouche a connu et éprouve tous les baisers
Se livrerait-il à tous les vices
Il n'en vaudrait que mieux

Car le plus sincère amant s'il n'est pas aimé par celle qu'il
aime
Peu lui importe, il l'aimera
Éternellement désirera d'être aimé
Et d'aimer sans espoir deviendra pur comme un diamant.

Tout son corps ne sera qu'une proie décevante
Pour les fausses amantes et pour les faux amours
Et sans pitié
L'amant le véritable sacrifiera tout pour celle qu'il aime

Qu'importe s'il a toujours le plus grand amour pour elle
Au jour de la rencontre désirée
Il sera plus pur que l'aube et le feu
Et prêt pour l'extase

Toujours avoir le plus grand amour pour elle
Il n'y a pas de trahison corporelle
Et que ton cœur batte toujours pour elle
Que tes yeux se ferment sur son unique image.

Être aimé par elle
Nul bonheur nulle félicité
Désir pas même
Mais volonté ou plutôt destin

Être aimé par elle
Non pas une nuit de toutes les nuits
Mais à jamais pour l'éternel présent
Sans paysage et sans lumières

Être aimé par elle
Écrit dans les signes du temps
Malgré tout contre antan et futur
A jamais

Mais pour être aimé par elle
Faut-il perdre jusqu'à l'amour
La vie n'en parlons pas
L'amour l'amour non plus

Être aimé par elle
C'est inévitable
Pas de chants pas de cris
Nul sentiment

Être aimé par elle
Marbre impassible Mers figées Ciels implacables
Mais attendre attendre longtemps attendre encore
Attendre? nié par l'éternité.

Mourir après elle
Est le rôle dévolu à l'amant
A lui seul le droit suprême
De graver un nom sur une pierre périssable

De graver un nom sur un arbre périssable
Et de s'éteindre pour jamais
S'éteindre lui après elle
Mais l'amour le plus grand amour
Brûlera comme une flamme éternelle.

Depuis de si longs mois, ma chère, que je t'aime
Pourquoi ne pas vouloir connaître mes travaux?
Si mes jours sont soumis à de mornes systèmes
Mes nuits sont escortées par de nobles prévôts.

Dois-je veiller encore un bûcher renaissant,
Si vif que le Phénix ne pourrait y survivre,
Ou dois-je, naufragé, vers les vaisseaux passant
Effeuiller sans raison les pages de ce livre?

Dois-je m'anéantir pour éteindre ma foi?
L'univers de mon rêve exalte ton image
Mais les pays fameux que j'ai créés pour toi
Seront-ils traversés mieux que par ton mirage?

S'il faut mourir au pied des idoles rivales,
Je suis prêt. Confessant ta cruelle grandeur
Je mourrai si tu veux pour n'être en tes annales
Que l'écho faiblissant d'une inutile ardeur.

Je donne tout pour toi, jusqu'au cœur des fantômes,
Soumis à mon fatal et délicieux tourment
Quitte pour disparaître en deux lignes d'un tome
Et sans être invoqué le soir par les amants.

Je suis las de combattre un sort qui se dérobe,
Las de tenter l'oubli, las de me souvenir
Du moindre des parfums émanant de ta robe,
Las de te détester et las de te bénir.

Je valais mieux que ça mais tu l'as méconnu.
Un jour d'entre les jours de soleil sur les roches
Souviens-toi de l'amant dont le cœur était nu
Et qui sut te servir sans peur et sans reproche.

Attends-tu que j'aborde à de lointains rivages
Pour dire en regardant tes genoux désertés :
« Qui donc s'en est allé, j'ignore son visage
« Mais pourquoi s'en va-t-il seul vers sa liberté ?

« Il faut le retrouver, serviteur infidèle,
« L'enchaîner à mon bagne après l'avoir châtié
« Et qu'il me serve encore avec un cœur modèle
« Sans même pour sa peine éprouver ma pitié.

« Car je suis impérieuse et veux qu'on m'obéisse,
« Nul ne doit me quitter sans être congédié.
« Tant pis pour celui-là qui rentre à mon service
« Si son orgueil hautain ne l'a pas répudié.

« Je connais pour les cœurs des prisons fantastiques :
« Que l'amant fugitif y retourne au plus tôt
« Car il me faut ce soir de nombreux domestiques
« Pour cirer mes souliers et m'offrir le manteau. »

A quoi bon ? L'évadé connaît bien sa prison.
Sans doute a-t-il choisi de trop précieux otages
Pour vouloir à nouveau te payer sa rançon :
Les trésors d'un cœur pur ne souffrent pas partage.

Évade-toi de l'eau, des prisons, des potences,
Adieu, je partirai comme on meurt un matin.
Ce ne sont pas les lieues qui feront la distance
Mais ces mots : Je l'aimais! murmurés au lointain.

Adorable signe inscrit dans les eaux mortes
Profondeurs boueuses
O poissons qui rôdez autour des algues
Où est la source que j'entends couler depuis si longtemps
    et que je n'ai jamais rencontrée
Qui ferme sans cesse des portes lourdes et sonores?
Eaux mortes Source invisible.
Criminel attends-moi au détour du sentier parmi les
    grandes ciguës.
Pareilles aux nuages les soirées sans raison naissent et
    meurent avec ce tatouage au-dessus du sein gauche :
    Demain
L'eau s'écoule lentement par une fêlure de la bouteille
    où les plus fameux astrologues viennent boire l'élixir
    de vie
Tandis que l'homme aux yeux clos ne sait que répéter :
    « Une cigogne de perdue deux de retrouvées »
Et que les ciguës se fanent dans l'ombre du rendez-vous
Et que demain ponctuel mais masqué en costume de
    prud'homme ouvre un grand parapluie rouge au milieu
    de la prairie où sèche le linge des fermières de l'aube.
Blêmes effigies fantômes de marbre dressés dans les
    palais nocturnes
Une lame de parquet craque
Une épée tombe toute seule et se fiche dans le sol
Et je marche sans arrêt à travers une succession
De grandes salles vides dont les parquets cirés ont le
    reflet de l'eau.

Il y a des mains dans cette nuit de marais

Une main blanche et qui est comme un personnage
vivant

Et qui est la main sur laquelle je voudrais poser mes
lèvres et où je n'ose pas les poser.

Il y a les mains terribles

Main noircie d'encre de l'écolier triste

Main rouge sur le mur de la chambre du crime

Main pâle de la morte

Mains qui tiennent un couteau ou un revolver

Mains ouvertes

Mains fermées

Mains abjectes qui tiennent un porte-plume

O ma main toi aussi toi aussi

Ma main avec tes lignes et pourtant c'est ainsi

Pourquoi maculer tes lignes mystérieuses

Pourquoi? plutôt les menottes plutôt te mutiler plutôt
plutôt

Écris écris car c'est une lettre que tu écris à elle et ce
moyen impur est un moyen de la toucher

Mains qui se tendent mains qui s'offrent

Y a-t-il une main sincère parmi elles

Ah je n'ose plus serrer les mains

Mains menteuses mains lâches mains que je hais

Mains qui avouent et qui tremblent quand je regarde les
yeux

Y a-t-il encore une main que je puisse serrer avec
confiance

Mains sur la bouche de l'amour

Mains sur le cœur sans amour

Mains au feu de l'amour

Mains à couper du faux amour

Mains basses sur l'amour
Mains mortes à l'amour
Mains forcées pour l'amour
Mains levées sur l'amour
Mains tenues sur l'amour
Mains hautes sur l'amour
Mains tendues vers l'amour
Mains d'œuvre d'amour
Mains heureuses d'amour
Mains à la pâte hors l'amour horribles mains
Mains liées par l'amour éternellement
Mains lavées par l'amour par des flots implacables
Mains à la main c'est l'amour qui rôde
Mains pleines c'est encore l'amour
Mains armées c'est le véritable amour
Mains de maître mains de l'amour
Main chaude d'amour
Main offerte à l'amour
Main de justice main d'amour
Main forte à l'amour !

Mains Mains toutes les mains
Un homme se noie une main sort des flots
Un homme s'en va une main s'agite
Une main se crispe un cœur souffre
Une main se ferme ô divine colère
Une main encore une main
Une main sur mon épaule
Qui est-ce ?
Est-ce toi enfin ?
Il fait trop sombre ! quelles ténèbres !
Je ne sais plus à qui sont les mains
Ce qu'elles veulent

Ce qu'elles disent
Les mains sont trompeuses
Je me souviens encore de mains blanches dans l'obscurité
    étendues sur une table dans l'attente
Je me souviens de mains dont l'étreinte m'était chère
Et je ne sais plus
Il y a trop de traîtres trop de menteurs
Ah même ma main qui écrit
Un couteau! une arme! un outil!
Tout sauf écrire!
Du sang du sang!

Patience! ce jour se lèvera.

Églantines flétries parmi les herbiers
O feuilles jaunes
Tout craque dans cette chambre
Comme dans l'allée nocturne les herbes sous le pied.
De grandes ailes invisibles immobilisent mes bras et le
    retentissement d'une mer lointaine parvient jusqu'à
    moi.
Le lit roule jusqu'à l'aube sa bordure d'écume et l'aube
    ne paraît pas
Ne paraîtra jamais.
Verre pilé, boiseries pourries, rêves interminables, fleurs
    flétries,
Une main se pose à travers les ténèbres toute blanche
    sur mon front,
Et j'écouterai jusqu'au jour improbable
Voler en se heurtant aux murailles et aux meubles
    l'oiseau de paradis, l'oiseau que j'ai enfermé par
    mégarde
Rien qu'en fermant les yeux.

Jamais l'aube à grands cris bleuissant les lavoirs,
L'aube, savon trempé dans l'eau des fleuves noirs,
L'aube ne moussera sur cette nuit livide
Ni sur nos doigts tremblants ni sur nos verres vides.
C'est la nuit sans frontière et fille des sapins
Qui fait grincer au port la chaîne des grappins
Nuit des nuits sans amour étrangleuse du rêve
Nuit de sang nuit de feu nuit de guerre sans trêve
Nuit de chemin perdu parmi les escaliers
Et de pieds retombant trop lourds sur les paliers
Nuit de luxure nuit de chute dans l'abîme
Nuit de chaînes sonnant dans la salle du crime
Nuit de fantômes nus se glissant dans les lits
Nuit de réveil quand les dormeurs sont affaiblis.
Sentant rouler du sang sur leur maigre poitrine
Et monter à leurs dents la bave de l'angine
Ils caressent dans l'ombre un vampire velu
Et ne distinguent pas si le monstre goulu
N'est pas leur cœur battant sous leurs côtes souillées.
Nuit d'échos indistincts et de braises mouillées
Nuit d'incendies étincelant sur les miroirs
Nuit d'aveugle cherchant des sous dans les tiroirs
Nuit des nuits sans amour, où les draps se dérobent,
Où sur les boulevards sifflent les policiers
O nuit! cruelle nuit où frissonnent des robes
Où chuchotent des voix au chevet des malades,
Nuit close pour jamais par des verrous d'acier
Nuit ô nuit solitaire et sans astre et sans rade!

Dans tes yeux, dans ton cœur et dans le ciel aussi
Vois s'étoiler soudain l'univers imprécis,
La fissure grandir étroite et lumineuse
Comme si quelque fauve aux griffes paresseuses

Avait étreint la nuit et l'avait déchirée
(Mais la lueur sera pâle et lente la marée)
Des nervures courir dans le cristal fragile
Des fêlures mimer des couleuvres agiles
Qui rouleraient et se noueraient dans la lueur
Pâle d'une aube étrange. Ainsi lorsque le joueur
Fatigué de tourner les cartes symboliques
Voit le matin cruel éclairer les portiques
Maintes pensées et maints désirs presque oubliés
Maints éventails flétris tombent sur les paliers.

Tais-toi, pose la plume et ferme les oreilles
Aux pas lents et pesants qui montent l'escalier.
La nuit déjà pâlit mais cette aube est pareille
A des papillons morts au pied des chandeliers.

Une tempête de fantômes sacrifie
Tes yeux qui les défient aux larmes du désir.
Quant au ciel, plus fané qu'une photographie
Usée par les regards, il n'est qu'un long loisir.

Appelle la sirène et l'étoile à grands cris
Si tu ne peux dormir bouche close et mains jointes
Ainsi qu'un chevalier de pierre qui sourit
A voir le ciel sans dieux et les enfers sans plainte.

O Révolte!

III

LES SANS COU

(1934)

APPARITION

Né de la boue, jailli au ciel, plus flottant qu'un nuage, plus
    dur que le marbre,
Né de la joie, jailli du sommeil, plus flottant qu'une
    épave, plus dur qu'un cœur,
Né de son cœur, jailli du ciel, plus flottant que le som-
    meil, plus dur que le ciel,
Né, jailli, flottant plus dur et plus ciel, et plus cœur et
    plus marbre,
Et plus de sommeil et plus de nuage et plus d'épave, et
    tant et plus,
Mais du sommeil flottant au cœur des marbres dispersés
    comme des épaves,
Au long du ciel d'un pauvre paysage jaillissant et flottant
    comme un cœur...
Et saignant, oh saignant, saignant tellement
Que tant de marbres, abandonnés, alignés, dressés
    comme jaillis,
Finiront bien par flotter comme des épaves.
Mais il ne s'agit plus de flotter, ni de jaillir, ni de durcir,
Mais, de toute boue,
Faire un ciment, un marbre, un ciel, un nuage et une
    joie et une épave

Et un cœur, cela va de soi, et tout ce qui est dit plus
   haut
Et un sommeil, un beau sommeil, un bon sommeil,
Un bon sommeil de boue
Né du café et de la nuit et du charbon et de l'encre et du
   crêpe des veuves
Et de cent millions de nègres
Et de l'étreinte de deux nègres dans une ombre de sapins
Et de l'ébène et des multitudes de corbeaux sur les
   carnages...
Tel qu'enfin s'épanouisse, recouvrant l'univers,
Un bouquet, un immense bouquet de roses rouges.

HOMMES

Hommes de sale caractère
Hommes de mes deux mains
Hommes du petit matin

La machine tourne aux ordres de Deibler
Et rouages après rouages dans le parfum des percola-
teurs qui suinte des portes des bars et le parfum des
croissants chauds
L'homme qui tâte ses chaussettes durcies par la sueur
de la veille et qui les remet
Et sa chemise durcie par la sueur de la veille
Et qui la remet
Et qui se dit le matin qu'il se débarbouillera le soir
Et le soir qu'il se débarbouillera le matin
Parce qu'il est trop fatigué...
Et celui dont les paupières sont collées au réveil
Et celui qui souhaite une fièvre typhoïde
Pour enfin se reposer dans un beau lit blanc...
Et le passager émigrant qui mange des clous
Tandis qu'on jette à la mer sous son nez
Les appétissants reliefs de la table des premières
classes

Et celui qui dort dans les gares du métro et que le chef de gare chasse jusqu'à la station suivante...

Hommes de sale caractère
Hommes de mes deux mains
Hommes du petit matin.

LES QUATRE SANS COU

Ils étaient quatre qui n'avaient plus de tête,
Quatre à qui l'on avait coupé le cou,
On les appelait les quatre sans cou.

Quand ils buvaient un verre,
Au café de la place ou du boulevard,
Les garçons n'oubliaient pas d'apporter des entonnoirs.

Quand ils mangeaient, c'était sanglant,
Et tous quatre chantant et sanglotant,
Quand ils aimaient, c'était du sang.

Quand ils couraient, c'était du vent.
Quand ils pleuraient, c'était vivant,
Quand ils dormaient, c'était sans regret.

Quand ils travaillaient, c'était méchant,
Quand ils rôdaient, c'était effrayant,
Quand ils jouaient, c'était différent,

Quand ils jouaient, c'était comme tout le monde,
Comme vous et moi, vous et nous et tous les autres,
Quand ils jouaient, c'était étonnant.

Mais quand ils parlaient, c'était d'amour.
Ils auraient pour un baiser
Donné ce qui leur restait de sang.

Leurs mains avaient des lignes sans nombre
Qui se perdaient parmi les ombres
Comme des rails dans la forêt.

Quand ils s'asseyaient, c'était plus majestueux que des
    rois
Et les idoles se cachaient derrière leurs croix
Quand devant elles ils passaient droits.

On leur avait rapporté leur tête
Plus de vingt fois, plus de cent fois,
Les ayant retrouvés à la chasse ou dans les fêtes,

Mais jamais ils ne voulurent reprendre
Ces têtes où brillaient leurs yeux,
Où les souvenirs dormaient dans leur cervelle.

Cela ne faisait peut-être pas l'affaire
Des chapeliers et des dentistes.
La gaieté des uns rend les autres tristes.

Les quatre sans cou vivent encore, c'est certain.
J'en connais au moins un
Et peut-être aussi les trois autres.

Le premier, c'est Anatole,
Le second, c'est Croquignole,
Le troisième, c'est Barbemolle,
Le quatrième, c'est encore Anatole.

Je les vois de moins en moins,
Car c'est déprimant, à la fin,
La fréquentation des gens trop malins.

LA VILLE DE DON JUAN

Clopin-clopant s'en allaient des aveugles,
Des béquillards, des goitreux, des bossus,
Des gendarmes et des ivrognes.

Soufflant aux vitres des cafés
Une buée à perdre cent navires,
Les sirènes de sept heures disaient à tous : « Il est temps
    d'être ivre. »

Don Juan s'arrêta dans un endroit
Où je sais qu'il y a une fontaine Wallace,
Un avertisseur d'incendie et une brouette enchaînée à
    un banc.

Il y resta jusqu'à minuit,
Il y resta sans ennui,
Il y resta seul dans la nuit.

A minuit, une femme en deuil,
Mais nue sous le crêpe immense de son chapeau,
Apparut sortant d'une rue transversale.

Elle portait un verre et une bouteille de vin rouge,
Elle portait aussi un oiseau mort,
Elle lui donna l'oiseau mort et un verre de vin.

D'une porte cochère qui s'ouvrit soudain
Jaillit une petite fille aux belles jambes
Et elle donna sa poupée et un collier de billes d'ébène.

A une fenêtre illuminée,
Une femme se dévêtait
En jetant au héros les différentes parties de son costume.

La marchande de fleurs du carrefour
Lui apporta toutes ses roses
Et une vieille vendeuse de journaux tous ses journaux.

Une femme très belle et très repoussante
Lui montra sa montre
Et lui dit qu'elle ne marchait plus.

Une femme en sabots, une marchande,
Vint en relevant son tablier,
Et son tablier contenait un poisson comme nulle part
    au monde.

Elle le jeta dans le ruisseau,
Et le poisson s'y débattit
Jusqu'à ce que la mort le saisît.

La femme qui avait gagné au baccarat,
La femme qui venait de donner tous ses diamants à son
    amant,
Vinrent aussi par les rues et les portes.

Il en descendait du ciel
Comme des alouettes bien tirées,
Il en montait par les soupiraux des caves.

Les unes auraient pu commander à des royaumes,
Les autres étaient sales de corps et de cœur,
D'autres encore étaient porteuses de tragiques maladies.

Mais Don Juan aux souffles de la prochaine aube
Sentait un vent glacial et réconfortant,
Un vent de marée basse et d'huîtres fraîches

Qui soufflait dans ses feuilles et dans ses branches
Et ses racines pompaient généreusement
Les sucs d'une terre pourtant misérable.

Son écorce était plus solide qu'une cuirasse,
Plus palpitante qu'un sein d'athlète,
Et son corset de fer ne le gênait pas.

Il assista au passage de l'éteigneur de réverbères,
A ceux de l'arroseuse municipale,
Des ramasseurs d'ordures et des facteurs.

Pour un bel arbre, c'était un bel arbre.
On l'a coupé le jour suivant,
On l'a brûlé et cependant,

Cependant sa sève amère était puissante
Et tant de femmes adorables
Étaient passées sous son feuillage

Qu'il en reste quelque chose
Dans le foyer où refroidit sa cendre,
Dans le trou même où était sa place.

Il n'en reste à vrai dire pas grand-chose,
Un trou dans le macadam,
Un trou, rien qu'un trou vide, un petit trou.

MI-ROUTE

Il y a un moment précis dans le temps
Où l'homme atteint le milieu exact de sa vie,
Un fragment de seconde,
Une fugitive parcelle de temps plus rapide qu'un
    regard,
Plus rapide que le sommet des pâmoisons amoureuses,
Plus rapide que la lumière.
Et l'homme est sensible à ce moment.

De longues avenues entre des frondaisons
S'allongent vers la tour où sommeille une dame
Dont la beauté résiste aux baisers, aux saisons,
Comme une étoile au vent, comme un rocher aux
    lames.

Un bateau frémissant s'enfonce et gueule.
Au sommet d'un arbre claque un drapeau.
Une femme bien peignée, mais dont les bas tombent
    sur les souliers
Apparaît au coin d'une rue,

Exaltée, frémissante,
Protégeant de sa main une lampe surannée et qui
  fume.

Et encore un débardeur ivre chante au coin d'un pont,
Et encore une amante mord les lèvres de son amant,
Et encore un pétale de rose tombe sur un lit vide,
Et encore trois pendules sonnent la même heure
A quelques minutes d'intervalle,
Et encore un homme qui passe dans une rue se retourne
Parce que l'on a crié son prénom,
Mais ce n'est pas lui que cette femme appelle,
Et encore, un ministre en grande tenue,
Désagréablement gêné par le pan de sa chemise coincé
  entre son pantalon et son caleçon,
Inaugure un orphelinat,
Et encore d'un camion lancé à toute vitesse
Dans les rues vides de la nuit
Tombe une tomate merveilleuse qui roule dans le
  ruisseau
Et qui sera balayée plus tard,
Et encore un incendie s'allume au sixième étage d'une
  maison
Qui flambe au cœur de la ville silencieuse et indifférente,
Et encore un homme entend une chanson
Oubliée depuis longtemps, et l'oubliera de nouveau,
Et encore maintes choses,
Maintes autres choses que l'homme voit à l'instant précis
  du milieu de sa vie,
Maintes autres choses se déroulent longuement dans le
  plus court des courts instants de la terre.
Il pressent le mystère de cette seconde, de ce fragment
  de seconde,

Mais il dit « Chassons ces idées noires »,
Et il chasse ces idées noires.
Et que pourrait-il dire,
Et que pourrait-il faire
De mieux ?

LA FURTIVE

La furtive s'assoit dans les hautes herbes pour se reposer
  d'une course épuisante à travers une campagne
  déserte.
Poursuivie, traquée, espionnée, dénoncée, vendue.
Hors de toute loi, de toute atteinte.
A la même heure s'abattent les cartes
Et un homme dit à un autre homme :
« A demain. »
Demain, il sera mort ou parti loin de là.
A l'heure où tremblent les rideaux blancs sur la nuit
  profonde,
Où le lit bouleversé des montagnes béant vers son hôtesse
  disparue
Attend quelque géante d'au-delà l'horizon,
S'assoit la furtive, s'endort la furtive.
Ne faites pas de bruit, laissez reposer la furtive
Dans un coin de cette page.

Craignez qu'elle ne s'éveille,
Plus affolée qu'un oiseau se heurtant aux meubles et aux
  murs.

Craignez qu'elle ne meure chez vous,
Craignez qu'elle ne s'en aille toutes vitres brisées,
Craignez qu'elle ne se cache dans un angle obscur,
Craignez de réveiller la furtive endormie.

FÊTE-DIABLE

La dernière goutte de vin s'allume au fond du verre où
vient d'apparaître un château.
Les arbres noueux du bord de la route s'inclinent vers
le voyageur.
Il vient du village proche,
Il vient de la ville lointaine,
Il ne fait que passer au pied des clochers.
Il aperçoit à la fenêtre une étoile rouge qui bouge,
Qui descend, qui se promène en vacillant
Sur la route blanche, dans la campagne noire.
Elle se dirige vers le voyageur qui la regarde venir.
Un instant elle brille dans chacun de ses yeux,
Elle se fixe sur son front.
Étonné de cette lueur glaciale qui l'illumine,
Il essuie son front.
Une goutte de vin perle à son doigt.
Maintenant l'homme s'éloigne et s'amoindrit dans la
nuit.
Il est passé près de cette source où vous venez au matin
cueillir le cresson frais,
Il est passé près de la maison abandonnée.
C'est l'homme à la goutte de vin sur le front.

Il danse à l'heure actuelle dans une salle immense,
Une salle brillamment éclairée,
Resplendissante de son parquet ciré
Profond comme un miroir.
Il est seul avec sa danseuse
Dans cette salle immense, et il danse
Au son d'un orchestre de verre pilé.
Et les créatures de la nuit
Contemplent ce couple solitaire et qui danse
Et la plus belle d'entre les créatures de la nuit
Essuie machinalement une goutte de vin à son front,
La remet dans un verre,
Et le dormeur s'éveille,
Voit la goutte briller de cent mille rubis dans le verre
Qui était vide lorsqu'il s'endormit.
La contemple.
L'univers oscille durant une seconde de silence
Et le sommeil reprend ses droits,
Et l'univers reprend son cours
Par les milliers de routes blanches tracées par le monde
A travers les campagnes ténébreuses.

LE BŒUF ET LA ROSE

De connivence avec le salpêtre et les montagnes, le bœuf
    noir à l'œil clos par une rose entreprend la conquête
    de la vallée, de la forêt et de la lande.
Là où les fleurs de pissenlit s'étoilent gauchement dans
    le firmament vert d'une herbe rare,
Là où resplendissent les bouses grasses et éclatantes, les
    soleils de mauvaise grâce et les genêts précieux,
Là où les blés sont mûrs, là où l'argile taillée en branches
    et fendillée offre des ravines aux ébats des scarabées,
Là où le scorpion jaune aime et meurt de son amour et
    s'allonge tout raide,
Là où le sable en poudre d'or aveugle le chemineau.
D'un pas lourd, balançant sa tête géante sur une encolure
    fourrée, et de sa queue battant à intervalles égaux sa
    croupe charnue,
Le bœuf noir comme l'encre surgit, passe et disparaît.
Il écrase et paraphe de sa tache le paysage éclatant
Et ses cornes attendent qu'il choisisse la bonne orientation
Pour porter un soleil à sa mort dans leur orbite ouverte
    sur le vide,
Mettant plus d'un reflet sur ses poils luisants et proje-
    tant, tache issue d'une tache,

Son ombre fabuleuse sur la terre avide d'une pluie
  prochaine
Et du vol incertain des papillons,
Ou peut-être une rose éclatante issue de la seule atmosphère et grandissant entre les branches de leur crois-
  sant comme un fantôme de fleur.

COMME

Come, dit l'Anglais à l'Anglais, et l'Anglais vient.
Côme, dit le chef de gare, et le voyageur qui vient dans
    cette ville descend du train sa valise à la main.
Come, dit l'autre, et il mange.
Comme, je dis comme et tout se métamorphose, le marbre
    en eau, le ciel en orange, le vin en plaine, le fil en six,
    le cœur en peine, la peur en seine.
Mais si l'Anglais dit as, c'est à son tour de voir le monde
    changer de forme à sa convenance
 Et moi je ne vois plus qu'un signe unique sur une carte
L'as de cœur si c'est en février,
L'as de carreau et l'as de trèfle, misère en Flandre,
L'as de pique aux mains des aventuriers.
Et si cela me plaît à moi de vous dire machin,
Pot à eau, mousseline et potiron.
Que l'Anglais dise machin,
Que machin dise le chef de gare,
Machin dise l'autre,
Et moi aussi.
Machin.
Et même machin chose.
Il est vrai que vous vous en foutez

Que vous ne comprenez pas la raison de ce poème.
Moi non plus d'ailleurs.
Poème, je vous demande un peu ?
Poème ? je vous demande un peu de confiture,
Encore un peu de gigot,
Encore un petit verre de vin
Pour nous mettre en train...
Poème, je ne vous demande pas l'heure qu'il est.
Poème, je ne vous demande pas si votre beau-père est
    poilu comme un sapeur.
Poème, je vous demande un peu... ?

Poème, je ne vous demande pas l'aumône,
Je vous la fais.
Poème, je ne vous demande pas l'heure qu'il est,
Je vous la donne.
Poème, je ne vous demande pas si vous allez bien,
Cela se devine.
Poème, poème, je vous demande un peu...
Je vous demande un peu d'or pour être heureux avec
    celle que j'aime.

LA BOUTEILLE A LA RIVIÈRE

Derrière un mur hérissé de tessons de bouteilles,
Deviner la promeneuse est un jeu facile pour les passants.
Mais deviner qui but toutes ces bouteilles
Avant de les briser en multiples tessons,
Mais deviner qui but toutes ces bouteilles, est un jeu plus
    difficile.

Deviner la promeneuse est un jeu facile pour le passant.
Une ombrelle déforme son ombre, en fait une fleur,
Un bouton de sa robe tombe et se perd dans l'herbe,
Un arbre abandonné entre tous les arbres
Compte les tatouages qui vivent sur son tronc.

Mais deviner qui but toutes ces bouteilles,
Marinier feuillu, que tu jettes au fil des rivières et des
    canaux
Avec ce mot « je vous aime » et que le courant porte,
A travers les barques des pêcheurs et le péril des bar-
    rages et des écluses,
Devant les villas charmantes au pied des coteaux?

Avant de les briser en multiples tessons,
La rivière y vient mirer ses poissons,
Y noue ses plantes homicides,
Et les sirènes d'eau douce, entre toutes traîtresses,
Les font sonner d'un coup de queue.

Mais deviner qui but toutes ces bouteilles est un jeu plus
    difficile...
Vos bouches, mariniers endormis sur les péniches
Et qui parfois roulez lentement et coulez à pic dans l'eau
    douce,
A fond de trou de perches et d'anguilles,
Là où les bouteilles à la rivière ne descendent pas.

Certains tessons furent roulés si longtemps
Que ceux qui les trouvèrent les crurent des diamants.
Les plus malins y gravèrent un signe magique
Car ils connaissaient le secret des talismans, pour asser-
    vir les belles

Et le sang de celles-ci coulait désormais entre deux rives.

Entre deux rives désormais coulait le sang des belles
Choisies par les graveurs de talismans.
Et les campagnes où les bestiaux regagnaient des étables
    sans Messie
Regardaient passer le fleuve, rouge entre les collines
    vertes,
Et s'étonnaient d'y voir la nuit les étoiles s'y refléter
    blanches.
Et le fleuve aboutissait à des caves obscures,
Et son origine le vouait à des bouches voraces,

Et voilà pourquoi, mariniers qui prenez ce liquide pour
    du vin,
Vous payez la dette des graveurs de talismans et l'amour
    de belles disparues.
Pourquoi, gavés de ce vin charnel,
Quand vous avez sombré à pic à fond de trou de perches
    et d'anguilles,
Les bouteilles par vous brisées en tessons
Aux rayons monotones du soleil resplendissent sur le mur
Derrière lequel il est facile de deviner la promeneuse,
Il est facile de promener la devineuse.

VERS LE PITON NOIR

Vers le piton noir, la celle-là qui a le cœur léger,
Qui a le pied léger, ma chère, qui a le pied, le cœur
Et l'œil léger.
Vers le piton noir, eh bien quoi? vers le piton,
Vers le piton noir va la belle au cœur léger.

Va-t'en guerre, va-t'en ville, va tout,
Va tout droit devant elle.
Le doigt au gilet, le chapeau sur la nuque,
Le premier arbre dit :
« Voilà longtemps que je suis ici. »

« Voilà longtemps que je suis ici,
Les pieds croisés et l'œil mutin »
Dit le deuxième arbre.
« Voilà longtemps que je suis ici,
Dit le troisième arbre, et je m'ennuie. »

« Et je m'ennuie » dit le quatrième,
Dit le cinquième, et ainsi de suite jusqu'au cent millième.

84

« Alors, pourquoi rester ici ?
Bras dessus, bras dessous, chantant la marjolaine,
Allons-nous-en, allons-nous-en d'ici. »

Ils mirent leurs pieds dans beaucoup de fromages blancs,
Dans beaucoup de neige et de tartes à la crème,
Dans maintes boîtes de cirage.
Mais ce fut quand même un beau voyage
Que la croisade des cent mille arbres.
Ils allaient porter leur frondaison toute fraîche
A des déserts sans rémission, et le soleil s'étonnait
Des taches d'ombre à son gilet de sable d'or.
Et ça bardait, que je ne vous dis que ça.
C'était comique comme un fantôme de colonel.

Cela fit du bien à certaines moissons, du mal à d'autres,
De toutes façons, cela fit renchérir le pain,
Cela fit surtout renchérir le cœur de chêne
Et le bois de lit, et les violons, et les armoires
Et cela dévasta les champs de pommes de terre pis que
    les sangliers.

Ce n'est pas à minuit, ce n'est pas à midi,
C'est à sept heures du soir en hiver,
Que la belle au cœur léger
Rencontra sur son chemin la forêt en marche
Et la belle était nue, et les arbres aussi.

Notre bois n'est pas celui dont on fait les gibets et dont
    on fait les croix.
Il est du bois dont on fait les barriques et les navires,

Et peut-être aussi les cercueils,
Et certainement les pals.

La belle au cœur léger parla des capucines
Et cracha sur les capucins.
Elle évoqua le bois dont on fait les portes
Avec une serrure à la place du cœur.
Elle rigola longtemps à l'idée des chouans éventrés.

« Avec vous, portée par vous,
J'ai remonté des fleuves calmes et des fleuves tumul-
    tueux.
Parfois, nous nous arrêtions pour piller une abbaye,
Ou bien pour démolir un pont
Qui empêchait votre branchage de passer.

Nous venions, souvenez-vous-en, arbres,
D'un pays de glaces et de neiges
Et le plus bel arbre, avec ses bourgeons et ses feuilles
Y dort dans un linceul transparent
Sur un lit moelleux de feuilles des lointains automnes. »

Elle dit et se soumet
Et se livre à la forêt :
« Pénétrez-moi de vos racines aiguës
Arbres rencontrés par miracle sur ma route! »
Et elle enlace les chênes, les bouleaux et les sapins...

CAMARADES

Papier, plie-toi, sois la rose et l'arc-en-ciel,
Sois la soie, sois là ce soir,
Sois lasse.
Une faux oubliée au flanc d'un cadavre ouvre lentement
    les yeux,
Se dandine un instant, secoue ses falbalas d'un autre âge
    et se mire au miroir de son corps,
S'indigne, s'encolère, se monte le bourrichon, se déchaîne.
Le mort lui donne une pomme de terre, une petite
    pomme de terre,
Fauche la pomme de terre,
Fauche la rose et l'arc-en-ciel et la soie et le soir,
Puis reprend sa place au flanc du cadavre.
Déroulant un écheveau sali par les temps et la poussière
    et l'eau qui suinte des vieilles murailles,
Le ciel se dissimule derrière les forêts où maintes femmes
    se devinent et se révèlent et se questionnent,
Dans l'ombre grasse des troncs d'arbres.
Personne ne sortira de la petite maison bariolée au haut
    de la colline,
En dépit d'une foule surgissant au détour de la route, dra-
    peaux rouges claquant au vent,

En dépit même de l'appel : Camarade, Camarade, Camarade, CAMARADES!

Voici ce qu'était le paysage avant le fameux événement :

Quelques mouches volaient en bourdonnant au-dessus d'une plaie d'où l'acier coulait mieux que le sang.

Le son d'un marteau part de loin,

Il part, il vole avec son petit chapeau de paille.

Quant à la faux, les senteurs du vent lui mirent une chemise bleue et encore une chemise jaune.

Les senteurs de la rivière lui mirent une tunique de corail et une tunique d'acier.

Les senteurs des feuilles lui mirent une tunique de salpêtre et de phosphore,

Et les senteurs de la dernière heure, une crinoline de satin avec des fleurs.

Elle attendit en jouant avec son ombrelle

Que le son du marteau arrivât de loin.

Arriva en inclinant son chapeau vers elle,

Un bouquet à la main, le sourire en coin.

Ils mangèrent du poulet, burent du pommard,

Ils mangèrent des grives, burent du champagne,

Ils mangèrent des huîtres et du homard,

Et jouèrent aux dames à qui perd gagne.

Ils se battirent comme des chiffonniers

Jusqu'au moment où, satisfait de leurs blessures,

Le ciel rassuré sortit hors des halliers.

Est-ce votre sort d'être dupe des ombres ?

Vaut-il pas mieux être dupé par la chair ?

Perdre son sang par des blessures sans nombre

Et n'offrir à la mort qu'un triste festin et qu'une maigre chère ?

AUX SANS COU

Maisons sans fenêtres, sans portes, aux toits défoncés,
Portes sans serrures,
Guillotine sans couperet...
C'est à vous que je parle qui n'avez plus d'oreilles,
Plus de bouche, de nez, d'yeux, de cheveux, de cervelle,
Plus de cou.
Vous surgissez d'un pas ferme au détour de la rue qui
    mène à la taverne.
Vous vous attablez, vous buvez, vous buvez sec, vous
    buvez bien,
Et bientôt le vin circule dans vos cœurs, y amène une
    nouvelle vie :
« Qu'as-tu fait de ta perruque ? » dit un sans cou à un
    autre sans cou,
Qui se détourne sans mot dire
Et qu'on expulse, et qu'on sort et qu'on traîne et qu'on
    foule aux pieds.
    « Et toi, qu'as-tu ? »
    « Je suis celui contre lequel se dressent toutes les lois.
Celui que les partis extrêmes appellent encore un cri-
    minel.
Je suis de droit commun,

Je suis de droit commun, banal comme le four où l'on
  cuisait le pain de nos pères.
Je suis le rebelle de toute civilisation,
L'abject assassin, le vil suborneur de fillettes, le satyre,
Le méprisable voleur,
Je suis le traître et je suis le lâche,
Mais il faut peut-être plus de courage
Pour éteindre en soi la moralité des fables idiotes
Que pour tenir tête à l'opinion.
(Ce qui n'est déjà pas si mal comme courage.)
Je suis l'insoumis à toutes règles,
L'ennemi de tous les législateurs,
Anarchiste ? pas même.
Je suis celui sur lequel pèse l'essieu de n'importe quel
  code,
L'homme aux sens surhumains.
J'annonce le Moïse de demain
Et demain ce Moïse exterminera ceux qui me ressem-
  blent,
Le dupe éternelle,
Le sans cou,
Et versez-moi du vin, et choquons notre verre. »

Maintenant qu'il a fini de parler,
Je reprends la parole :
« Vous avez le bonjour,
Le bonjour de Robert Desnos, de Robert le Diable, de
  Robert Macaire, de Robert Houdin, de Robert
  Robert, de Robert mon oncle,
Et chantez avec moi, tous en chœur, allons, la petite
  dame à droite,
Le monsieur barbu à gauche,

Un, deux, trois :
Vous avez le bonjour,
Le bonjour de Robet Desnos, de Robert le Diable, de
    Robert Macaire, de Robert Houdin, de Robert Robert,
    de Robert mon oncle »...
J'en passe et des meilleurs.
Mes sans cou, mes chers sans cou,
Hommes nés trop tôt, éternellement trop tôt,
Hommes qui auriez trempé dans les révolutions de
    demain
Si le destin ne vous imposait de faire les révolutions
    pour en mourir,
Hommes assoiffés de trop de justice,
Hommes de la fosse commune au pied du mur des
    fédérés,
Malgré les bailes pointillées autour du cou.
Hommes des enclos ménagés en plein cimetière,
Car on ne mélange pas les étendards avec les torchons.
On cloue ceux-ci aux hampes,
Et c'est eux qui, humiliés,
Claquent si lamentablement dans le vent de l'aube
A l'heure où le couperet en tombant
Fait résonner les échos des Santés éternelles.

MA GOSSE

« Ma gosse », dit-il, et « mon gosse », dit-elle
Et mon sang, notre cœur, notre ville, l'immense ville
   éperdue.
Des paveurs se sont perdus ce matin dans les champs où
   les bluets chantaient,
Où fleurissaient les rossignols,
Où patati et patata se tenaient à la disposition de tutti
   quanti.
Ce monsieur avait mal aux dents, mal aux reins, mal au
   nez.
La dentelle lui pendait au nez.
« Mon gosse, est-ce là notre vie, est-elle terminée?
Elle nous paraît vide et creuse et pourtant plate et ainsi
   de suite,
Je sens couler ton sang sous mes mains,
Le mois d'avril n'est pas fini à la Saint-Sylvestre! »

« Le chevalier s'empoisonne avec délice au cœur des
   neiges,
Y dort, y rêve, y gueule,
Et bonjour mon gosse, et bonjour ma gosse,
Et tes reins, et ton ventre et ta bouche,

Debout, fleur de pavé, fleur de nave, fleur d'oseille! »
La nuit que je décris est une nuit de chaque vingt-quatre
    heures.
L'ancre descend à grand bruit dans un marécage inson-
    dable
Et tant de crasse de souvenirs, tant de crasse d'années,
Et ce sacré nom de Dieu de mois d'Avril
Qui n'est pas fini à la Saint-Sylvestre!
Janvier perd sa chemise,
Et Juillet son soulier.
Tous vieux, gâteux, honteux, miteux, la dentelle au nez
Et ce tonnerre de Dieu de mois d'Avril
Qui ne finit pas, qui ne finira jamais,
Même à la Saint-Sylvestre!

COUCOU

Tout était comme dans une image enfantine.
La lune avait un chapeau claque dont les huit reflets se
    répercutaient à la surface des étangs,
Un revenant dans un linceul de la meilleure coupe
Fumait un cigare à la fenêtre de son logis,
Au dernier étage d'un donjon
Où la très savante corneille disait la bonne aventure aux
    chats.
Il y avait l'enfant en chemise perdue dans des sentiers
    de neige
Pour avoir cherché dans ses souliers l'éventail de soie et
    les chaussures à hauts talons.
Il y avait l'incendie sur lequel, immenses,
Se détachaient les ombres des pompiers,
Mais, surtout, il y avait le voleur courant, un grand sac
    sur le dos,
Sur la route blanchie par la lune,
Escorté par les abois des chiens dans les villages endormis
Et le caquet des poules éveillées en sursaut.
Je ne suis pas riche, dit le fantôme en secouant la cendre
    de son cigare, je ne suis pas riche
Mais je parie cent francs

Qu'il ira loin s'il continue.

Vanité tout n'est que vanité, répondit la corneille.

Et ta sœur? demandèrent les chats.

Ma sœur a de beaux bijoux et de belles araignées

Dans son château de nuit.

Une foule innombrable de serviteurs

Viennent chaque soir la porter dans son lit.

Au réveil, elle a du nanan, du chiendent, et une petite
   trompette

Pour souffler dedans.

La lune posa son chapeau haut de forme sur la
   terre.

Et cela fit une nuit épaisse

Où le revenant fondit comme un morceau de sucre dans
   du café.

Le voleur chercha longtemps son chemin perdu

Et finit par s'endormir

Et il ne resta plus au-delà de la terre

Qu'un ciel bleu fumée où la lune s'épongeait le
   front

Et l'enfant perdue qui marchait dans les étoiles.

Voici ton bel éventail

Et tes souliers de bal,

Le corset de ta grand-mère

Et du rouge pour tes lèvres.

Tu peux danser parmi les étoiles

Tu peux danser devant les belles dames

A travers les massifs de roses célestes

Dont l'une tombe chaque nuit

Pour récompenser le dormeur qui a fait le plus beau
   rêve.

Chausse tes souliers et lace ton corset

Mets une de ces roses à ton corsage

Et du rose à tes lèvres
Et maintenant balance ton éventail
Pour qu'il y ait encore sur la terre
Des nuits après les jours
Des jours après les nuits.

BAIGNADE

Où allez-vous avec vos tas de carottes?
Où allez-vous, nom de Dieu?
Avec vos têtes de veaux
Et vos cœurs à l'oseille?
Où allez-vous? Où allez-vous?

Nous allons pisser dans les trèfles
Et cracher dans les sainfoins.

Où allez-vous avec vos têtes de veaux?
Où allez-vous avec embarras?
Le soleil est un peu liquide
Un peu liquide cette nuit.
Où allez-vous, têtes à l'oseille?

Nous allons pisser dans les trèfles
Et cracher dans les sainfoins.

Où allez-vous? Où allez-vous
A travers la boue et la nuit?
Nous allons cracher dans les trèfles
Et pisser dans les sainfoins,

Avec nos airs d'andouilles
Avec nos becs-de-lièvre
Nous allons pisser dans les trèfles.

Arrêtez-vous. Je vous rejoins.
Je vous rattrape ventre à terre
Andouilles vous-mêmes et mes copains
Je vais pisser dans les trèfles
Et cracher dans les sainfoins.

Et pourquoi ne venez-vous pas?
Je ne vais pas bien, je vais mieux.
Cœurs d'andouilles et couilles de lions!
Je vais pisser, pisser avec vous
Dans les trèfles
Et cracher dans les sainfoins.
Baisers d'après minuit vous sentez la rouille
Vous sentez le fer, vous sentez l'homme
Vous sentez! Vous sentez la femme.
Vous sentez encore mainte autre chose :
Le porte-plume mâché à quatre ans
Quand on apprend à écrire,
Les cahiers neufs, les livres d'étrennes
Tout dorés et peints d'un rouge
Qui poisse et saigne au bout des doigts.
Baisers d'après minuit,
Baignades dans les ruisseaux froids
Comme un fil de rasoir.

IV

COMPLAINTE DE FANTOMAS[1]

1. Donnée en audition le 3 novembre 1933 à Radio-Paris, Radio-Luxembourg, Radio-Toulouse, Radio-Normandie, Radio-Agen, Radio-Lyon et Nice-Juan-les-Pins (musique de Kurt Weil) au cours de : *Fantômas,* réalisation radiophonique de Paul Deharme.

1

Écoutez... Faites silence...
La triste énumération
De tous les forfaits sans nom,
Des tortures, des violences
Toujours impunis, hélas!
Du criminel Fantômas.

2

Lady Beltham, sa maîtresse,
Le vit tuer son mari
Car il les avait surpris
Au milieu de leurs caresses.
Il coula le paquebot
Lancaster au fond des flots.

Cent personnes il assassine.
Mais Juve aidé de Fandor
Va lui faire subir son sort
Enfin sur la guillotine...
Mais un acteur, très bien grimé,
A sa place est exécuté.

Un phare dans la tempête
Croule, et les pauvres bateaux
Font naufrage au fond de l'eau.
Mais surgissent quatre têtes :
Lady Beltham aux yeux d'or,
Fantômas, Juve et Fandor.

Le monstre avait une fille
Aussi jolie qu'une fleur.
La douce Hélène au grand cœur
Ne tenait pas de sa famille,
Car elle sauva Fandor
Qu'était condamné à mort.

En consigne d'une gare
Un colis ensanglanté!
Un escroc est arrêté!
Qu'est devenu le cadavre?
Le cadavre est bien vivant,
C'est Fantômas, mes enfants!

Prisonnier dans une cloche
Sonnant un enterrement
Ainsi mourut son lieutenant.
Le sang de sa pauv' caboche
Avec saphirs et diamants
Pleuvait sur les assistants.

Un beau jour des fontaines
Soudain chantèr'nt à Paris.
Le monde était surpris,
Ignorant que ces sirènes
De la Concorde enfermaient
Un roi captif qui pleurait.

Certain secret d'importance
Allait être dit au tzar.
Fantômas, lui, le reçut car
Ayant pris sa ressemblance
Il remplaçait l'empereur
Quand Juv' l'arrêta sans peur.

Il fit tuer par la Toulouche,
Vieillarde aux yeux dégoûtants,
Un Anglais à grands coups de dents
Et le sang remplit sa bouche.
Puis il cacha un trésor
Dans les entrailles du mort.

Cette grande catastrophe
De l'autobus qui rentra
Dans la banque qu'on pilla
Dont on éventra les coffres...
Vous vous souvenez de ça?...
Ce fut lui qui l'agença.

La peste en épidémie
Ravage un grand paquebot
Tout seul au milieu des flots.
Quel spectacle de folie!
Agonies et morts hélas!
Qui a fait ça? Fantômas.

Il tua un cocher de fiacre.
Au siège il le ficela
Et roulant cahin-caha,
Malgré les clients qui sacrent,
Il ne s'arrêtait jamais
L'fiacre qu'un mort conduisait.

Méfiez-vous des roses noires,
Il en sort une langueur
Épuisante et l'on en meurt.
C'est une bien sombre histoire
Encore un triste forfait
De Fantômas en effet!

15

Il assassina la mère
De l'héroïque Fandor.
Quelle injustice du sort,
Douleur poignante et amère...
Il n'avait donc pas de cœur,
Cet infâme malfaiteur !

16

Du Dôme des Invalides
On volait l'or chaque nuit.
Qui c'était ? mais c'était lui,
L'auteur de ce plan cupide.
User aussi mal son temps
Quand on est intelligent !

17

A la Reine de Hollande
Même, il osa s'attaquer.
Juve le fit prisonnier
Ainsi que toute sa bande.
Mais il échappa pourtant
A un juste châtiment.

Pour effacer sa trace
Il se fit tailler des gants
Dans la peau d'un trophée sanglant,
Dans d'la peau de mains d'cadavre
Et c'était ce mort qu'accusaient
Les empreintes qu'on trouvait.

A Valmondois un fantôme
Sur la rivière marchait.
En vain Juve le cherchait.
Effrayant vieillards et mômes,
C'était Fantômas qui fuyait
Après l'coup qu'il avait fait.

La police d'Angleterre
Par lui fut mystifiée.
Mais, à la fin, arrêté,
Fut pendu et mis en terre.
Devinez ce qui arriva :
Le bandit en réchappa.

Dans la nuit sinistre et sombre,
A travers la Tour Eiffel,
Juv' poursuit le criminel.
En vain guette-t-il son ombre.
Faisant un suprême effort
Fantômas échappe encor.

D'vant le casino d'Monte-Carlo
Un cuirassé évoluait.
Son commandant qui perdait
Voulait bombarder la rade.
Fantômas, c'est évident,
Était donc ce commandant.

Dans la mer un bateau sombre
Avec Fantômas à bord,
Hélène Juve et Fandor
Et des passagers sans nombre.
On ne sait s'ils sont tous morts,
Nul n'a retrouvé leurs corps.

Ceux de sa bande, Beaumôme,
Bec de Gaz et le Bedeau,
Le rempart du Montparno,
Ont fait trembler Paris, Rome
Et Londres par leurs exploits.
Se sont-ils soumis aux lois?

Pour ceux du peuple et du monde,
J'ai écrit cette chanson
Sur Fantômas, dont le nom
Fait tout trembler à la ronde.
Maintenant, vivez longtemps,
Je le souhaite en partant.

FINAL

Allongeant son ombre immense
Sur le monde et sur Paris,
Quel est ce spectre aux yeux gris
Qui surgit dans le silence?
Fantômas, serait-ce toi
Qui te dresses sur les toits?

V

LES PORTES BATTANTES

(1936)

AU BOUT DU MONDE

Ça gueule dans la rue noire au bout de laquelle l'eau du
   fleuve frémit contre les berges.
Ce mégot jeté d'une fenêtre fait une étoile.
Ça gueule encore dans la rue noire.
Ah! vos gueules!
Nuit pesante, nuit irrespirable.
Un cri s'approche de nous, presque à nous toucher,
Mais il expire juste au moment de nous atteindre.

Quelque part, dans le monde, au pied d'un talus,
Un déserteur parlemente avec des sentinelles qui ne
   comprennent pas son langage.

LES HOMMES SUR LA TERRE

Nous étions quatre autour d'une table
Buvant du vin rouge et chantant
Quand nous en avions envie.

Une giroflée flétrie dans un jardin à l'abandon
Le souvenir d'une robe au détour d'une allée
Une persienne battant la façade.

Le premier dit : « Le monde est vaste et le vin est bon
Vaste est mon cœur et bon mon sang
Pourquoi mes mains et mon cœur sont-ils vides ? »

Un soir d'été le chant des rameurs sur une rivière
Le reflet des grands peupliers
Et la sirène d'un remorqueur demandant l'écluse.

Le second dit : « J'ai rencontré une fontaine
L'eau était fraîche et parfumée
Je ne sais plus où elle est et tous quatre nous mourrons. »

Que les ruisseaux sont beaux dans les villes
Par un matin d'avril
Quand ils charrient des arcs-en-ciel.

Le troisième dit : « Nous sommes nés depuis peu
Et déjà nous avons pas mal de souvenirs
Mais je veux les oublier. »

Un escalier plein d'ombre
Une porte mal fermée
Une femme surprise nue.

Le quatrième dit : « Quels souvenirs ?
Cet instant est un bivouac
O mes amis nous allons nous séparer. »

La nuit tombe sur un carrefour
La première lumière dans la campagne
L'odeur des herbes qui brûlent.

Nous nous quittâmes tous les quatre
Lequel étais-je et qu'ai-je dit ?
C'était un jour du temps passé.

La croupe luisante d'un cheval
Le cri d'un oiseau dans la nuit
Le clapotis des fleuves sous les ponts.

L'un des quatre est mort
Deux autres ne valent guère mieux
Mais je suis bien vivant et je crois que c'est pour long-
    temps.

Les collines couvertes de thym
La vieille cour moussue
L'ancienne rue qui conduisait aux forêts.

O vie, ô hommes, amitiés renaissantes
Et tout le sang du monde circulant dans des veines
Dans des veines différentes mais des veines d'hommes,
   d'hommes sur la terre.

QUARTIER SAINT-MERRI

Au coin de la rue de la Verrerie
Et de la rue Saint-Martin
Il y a un marchand de mélasse.

Un jour d'avril, sur le trottoir
Un cardeur de matelas
Glissa, tomba, éventra l'oreiller qu'il portait.

Cela fit voler des plumes
Plus haut que le clocher de Saint-Merri.
Quelques-unes se collèrent aux barils de mélasse.

Je suis repassé un soir par là,
Un soir d'avril,
Un ivrogne dormait dans le ruisseau.

La même fenêtre était éclairée.
Du côté de la rue des Juges-Consuls
Chantaient des gamins.

Là, devant cette porte, je m'arrête.
C'est de là qu'elle partit.
Sa mère échevelée hurlait à la fenêtre.

Treize ans, à peine vêtue,
Des yeux flambant sous des cils noirs,
Les membres grêles.

En vain le père se leva-t-il
Et vint à pas pesants,
Traînant ses savates,

Attester de son malheur
Le ciel pluvieux.
En vain, elle courait à travers les rues.

Elle s'arrêta un instant rue des Lombards
A l'endroit exact où, par la suite,
Passa le joueur de flûte d'Apollinaire.

Du cloître Saint-Merri naissaient des rumeurs.
Le sang coulait dans les ruisseaux,
Prémice du printemps et des futures lunaisons.

L'horloge de la Gerbe d'Or
Répondait aux autres horloges,
Au bruit des attelages roulant vers les Halles.

La fillette à demi nue
Rencontra un pharmacien
Qui baissait sa devanture de fer.

Les lueurs jaune et verte des globes
Brillaient dans ses yeux,
Les moustaches humides pendaient.

— Que fais-tu, la gosse, à cette heure, dans la rue?
Il est minuit,
Va te coucher.

— Dans mon jeune temps, j'aimais traîner la nuit,
J'aimais rêver sur des livres, la nuit.
Où sont les nuits de mon jeune temps?

— Le travail et l'effort de vivre
M'ont rendu le sommeil délicieux.
C'est d'un autre amour que j'aime la nuit.

Un peu plus loin, au long d'un pont
Un régiment passait
Pesamment.

Mais la petite fille écoutait le pharmacien.
Liabeuf ou son fantôme maudissait les menteurs
Du côté de la rue Aubry-le-Boucher.

— Va te coucher petite,
Les horloges sonnent minuit,
Ce n'est ni l'heure ni l'âge de courir les rues.

L'eau clapotait contre un ponton
Trois vieillards parlaient sous le pont
L'un disait oui et l'autre non.

— Oui le temps est court, non le temps est long.
— Le temps n'existe pas, dit le troisième.
Alors parut la petite fille.

En sifflotant le pharmacien
S'éloignait dans la rue Saint-Martin
Et son ombre grandissait.

— Bonjour petite, dit l'un des vieux
— Bonsoir, dirent les deux autres
— Vous sentez mauvais, dit la petite.

Le régiment s'éloignait dans la rue Saint-Jacques,
Une femme criait sur le quai,
Sur la berge un oiseau blessé sautillait.

— Vous sentez mauvais, dit la petite
— Nous sentirons tous mauvais, dit le premier vieillard
Quand nous serons morts.

— Vous êtes morts déjà, dit la petite
Puisque vous sentez mauvais!
Moi seule ne mourrai jamais.

On entendit un bruit de vitre brisée.
Presque aussitôt retentit
La trompe grave des pompiers.

Des lueurs se reflétaient dans la Seine.
On entendit courir des hommes,
Puis ce fut le bruit de la foule.

Les pompes rythmaient la nuit,
Des rires se mêlaient aux cris,
Un manège de chevaux de bois se mit à fonctionner.

Chevaux de bois ou cochons dorés
Oubliés sur le parvis
Depuis la dernière fête.

Charlemagne rougeoyait,
Impassibles les heures sonnaient,
Un malade agonisait à l'Hôtel-Dieu.

L'ombre du pharmacien
Qui s'éloignait vers Saint-Martin-des-Champs
Épaississait la nuit.

Les soldats chantaient déjà sur la route :
Des paysans pour les voir
Collaient aux fenêtres leurs faces grises.

La petite fille remontait l'escalier
Qui mène de la berge au quai.
Une péniche fantôme passait sous le pont.

Les trois vieillards se préparaient à dormir
Dans les courants d'air au bruit de l'eau.
L'incendie éventrait ses dernières barriques.

Les poissons morts au fil de l'eau,
Flèches dans la cible des ponts,
Passaient avec des reflets.

Tintamarre de voitures
Chants d'oiseaux
Son de cloche

— Ho! petite fille
Ta robe tombe en lambeaux
On voit ta peau.

— Où vas-tu petite fille?
— C'est encore toi le pharmacien
Avec tes yeux! ronds comme des billes!

Détraqué comme une vieille montre,
Là-bas, sur le parvis Notre-Dame
Le manège hennissait sa musique.

Des chevaux raides se cabraient aux carrefours.
Hideusement nus,
Les trois vieillards s'avançaient dans la rue.

Au coin des rues Saint-Martin et de la Verrerie
Une plume flottait à ras du trottoir
Avec de vieux papiers chassés par le vent.

Un chant d'oiseau s'éleva square des Innocents.
Un autre retentit à la Tour Saint-Jacques.
Il y eut un long cri rue Saint-Bon

Et l'étrange nuit s'effilocha sur Paris.

SUR SOI-MÊME

Fer anémone drap.
Fer de lance perce l'anémone qui saigne sur le drap.
Fer teinté du sang des anémones blancheur des draps.
Un fer au cœur une anémone à la blessure un drap pour
    linceul.
Fer anémone drap.
Et ce drap rougi d'un sang d'anémone flotte à la hampe
    du fer
Et le drap essuie le fer qui trancha l'anémone.
Jette l'anémone flétrie!
Restent le fer et le drap.
Jette le fer rouillé!
Reste le drap.
Reste le drap qui pourrira plus longtemps que le cadavre
    qu'il enveloppe.
Reste le drap qui ne laissera pas de squelette.
Jette le drap!
Reprends le fer!
Cueille l'anémone!
La chair autour du fer de ton squelette :
Ton corps
Drapeau rouge replié.

L'ÉVADÉ

Vieux cheval de retour remâchant son avoine,
Fourrage salé des « C'était à telle date »,
Aujourd'hui voyageur guetté à chaque douane,
Épuisé et vaincu, capot, échec et mat,

Il rêvait les yeux clos au coin de la portière,
Tandis qu'au long des rails se couchaient les forêts,
Tandis que les sillons tracés droits dans la terre,
Comme une roue immense rayonnaient.

Quand il ouvrit les yeux au sifflet déchirant,
Ni le ciel ni la plaine où naissaient des villages
Plus desséchés que la morue ou le hareng,
Par le feu du soleil marqués comme un pelage,

Salés, rôtis, flambés, assaillis de poussière,
Absorbés par le sol, rongés par les abcès
De la pierre et du chaume et les griffes du lierre,
Fantômes de maisons aux relents de décès,

Ni le ciel ni la plaine où naissaient des villages
Ne rappelaient ses souvenirs. Déjà ce ciel
N'était plus que le ciel à l'absurde visage,
Identique en tout lieu, ranci comme le miel.

Regarde! mais regarde! au coin de cette borne
La même capucine a fleuri ce matin.
Regarde la fermière en bonnet à deux cornes
Étendre sa lessive aux buissons du jardin.

Regarde! mais regarde! et respire! L'odeur
Est la même qu'au soir d'un semblable voyage,
Aux vitres des wagons c'est la même vapeur
Et c'est dans le filet d'identiques bagages.

Mais, quoi, tu poursuivais ta route en sens contraire.
Suffit-il de si peu pour changer un pays?
Tu fuyais la prison aux geôles solitaires
Et les réveils, la nuit, de désirs assaillis,

Le pas des surveillants, les chansons dans la nuit
Que chantent les captifs écœurés de silence,
La cour de promenade où, main douce, la suie
Se posait sur la bouche ouverte aux confidences,

La gamelle et le pain, la cruche d'eau, la chiotte,
Nain roteur ouvrant l'œil humide, salement,
Et les livres souillés de réflexions idiotes,
Les graffiti gonflant les murs comme un ferment,

La rouille des verrous, les escaliers sonores,
Sentant l'eau de Javel, l'urine et le crésyl,
Le furtif balayage au long des corridors
Et les crachats mêlés de sanie et de bile...

Mais lui, loin des signaux fleuris le long des voies,
Parcourait une plage où se brisait la mer :
C'était à l'aube de la vie et de la joie.
Un orage, au lointain, astiquait ses éclairs.

Mais après l'aiguillage et la garde-barrière
Apparut la banlieue au pied de la colline,
Son gazon charbonneux mêlé de mâchefer
Et la prison bâtie derrière les usines.

Il se souvient : quand il passa, la porte close
Était baignée par le reflet du ciel dans le ruisseau,
Un molosse aboyait, et pour faire une pause
Dans l'ombre il s'appuya contre l'un des vantaux.

L'odeur de chèvrefeuille et de terre mouillée
Montait dans la nuit blanche et de grands papillons
Tournaient autour des réverbères surannés.
Son ventre palpitait au souffle des sillons.

Et les sillons qui rayonnaient autour du train
Avaient porté, blessure ouverte, leurs moissons,
De robustes valets avaient battu le grain,
Les almanachs avaient usé trente saisons.

Mais ces wagons, filant au milieu des campagnes,
Que signale aux geôliers un panache éclatant,
Nul ne peut deviner qu'en rupture de bagne
Y rêve un évadé cherché depuis sept ans.

Tu revois la prison, c'est le château sans âge.
Ton voisin te regarde et ne soupçonne pas
Qu'en ton cœur est inscrit ce banal paysage,
Exactement, comme à la règle et au compas.

Écoute la chanson qui naît dans ta mémoire.
Le soleil y rayonne et la rose y fleurit.
Tu es gai, tu souris, c'est une bonne histoire
Dont s'illumine la prison et ses murs gris.

Le train s'éloigne. Aux camarades prisonniers
Tu donnes un adieu et l'air que tu respires
Te gonfle les poumons d'un souffle ardent et ton empire
C'est la terre tout entière avec ses mers et ses palmiers,

Avec ses forêts et ses lacs et ses fleuves au cours pacifique
Et ses villes dressées malgré de nombreux avatars,
La guerre, l'incendie et les secousses sismiques,
Par les hommes, par les hommes et leur art.

Va, poursuis ton chemin, il n'est plus de frontières,
Plus de douanes, plus de gendarmes, plus de prisons.
Tu es libre et tu ris et tu parcours la terre
Et tu passes, devant les détectives, sans un frisson.

Liberté retrouvée, ah! joie! ah! rire aux anges!
J'écoute la chanson des oiseaux, près du lac, dans la
    forêt,
Je sens mon sang,
Je devine tous les secrets,
J'affronte tous les baisers.

Saveur de l'air, saveur de mon sang dans mes veines,
Saveur de ma salive et de ma propre chair...
Les cailloux seront plus doux que la laine
Pour y dormir, tandis que l'étoile polaire

Montera sur l'horizon dans le bruit des échos
Des villes, des campagnes et de toute la terre,
Dans le battement des ailes des oiseaux
Et celui des portes des maisons pénitentiaires.

Je vous offre, camarades encore emprisonnés,
Un peu de ma liberté et de ma force,
Le ciel s'éteint, les heures vont sonner...
L'itinéraire, je le grave sur les arbres, dans l'écorce
En entailles profondes que le printemps fera saigner,

Afin que vous trouviez facilement le chemin
Qui ramène à la vie sans embûches,
Aux rivières fraîches pour le bain,
Aux jardins frémissant de fontaines et de ruches.

10 JUIN 1936

Au détour du chemin,
Il étendit la main,
Devant le beau matin.

Le ciel était si clair
Que les nuages dans l'air
Ressemblaient à l'écume de la mer.

Et la fleur des pommiers
Blanchissait dans les prés
Où séchait le linge lavé.

La source qui chantait,
Chantait la vie qui passait
Au long des prés, au long des haies.

Et la forêt à l'horizon,
Où verdissait le gazon,
Comme une cloche était pleine de sons.

La vie était si belle,
Elle entrait si bien dans ses prunelles
Dans son cœur et dans ses oreilles,

Qu'il éclata de rire :
Il rit au monde et aux soupirs
Du vent dans les arbres en fleur.

Il rit l'odeur de la terre,
Il rit au linge des lavandières,
Il rit aux nuages passant dans l'air.

Comme il riait en haut de la colline,
Parut la fille de belle mine
Qui venait de la maison voisine.

Et la fille rit aussi
Et quand son rire s'évanouit
Les oiseaux chantaient à nouveau.

Elle rit de le voir rire
Et les colombes qui se mirent
Dans le bassin aux calmes eaux
Écoutèrent son rire
Dans l'air s'évanouir.

Jamais plus ils ne se revirent.

Elle passa souvent sur le chemin
Où l'homme tendit la main
A la lumière du matin.

Maintes fois il se souvint d'elle
Et sa mémoire trop fidèle
Se reflétait dans ses prunelles.

Maintes fois elle se souvint de lui
Et dans l'eau profonde du puits
C'est son visage qu'elle revit.

Les ans passèrent un à un
En pâlissant comme au matin
Les cartes qu'un joueur tient dans sa main.

Tous deux pourrissent dans la terre,
Mordus par les vers sincères.
La terre emplit leur bouche pour les faire taire.

Peut-être s'appelleraient-ils dans la nuit,
Si la mort n'avait horreur du bruit :
Le chemin reste et le temps fuit.

Mais chaque jour le beau matin
Comme un œuf tombe dans la main
Du passant sur le chemin.

Chaque jour le ciel est si clair
Que les nuages dans l'air
Sont comme l'écume sur la mer.

Morts! Épaves sombrées dans la terre,
Nous ignorons vos misères
Chantées par les solitaires.

Nous nageons, nous vivons,
Dans l'air pur de chaque saison.
La vie est belle et l'air est bon.

LES SOURCES DE LA NUIT

Les sources de la nuit sont baignées de lumière.
C'est un fleuve où constamment
boivent des chevaux et des juments de pierre
en hennissant.

Tant de siècles de dur labeur
aboutiront-ils enfin à la fatigue qui amollit les pierres?
Tant de larmes, tant de sueur,
justifieront-ils le sommeil sur la digue?

Sur la digue où vient se briser
le fleuve qui va vers la nuit,
où le rêve abolit la pensée.
C'est une étoile qui nous suit.

A rebrousse-poil, à rebrousse-chemin,
Étoile, suivez-nous, docile,
et venez manger dans notre main,
Maîtresse enfin de son destin
et de quatre éléments hostiles.

IL ÉTAIT UNE FEUILLE

Il était une feuille avec ses lignes
Ligne de vie
Ligne de chance
Ligne de cœur
Il était une branche au bout de la feuille
Ligne fourchue signe de vie
Signe de chance
Signe de cœur
Il était un arbre au bout de la branche
Un arbre digne de vie
Digne de chance
Digne de cœur
Cœur gravé, percé, transpercé,
Un arbre que nul jamais ne vit.
Il était des racines au bout de l'arbre
Racines vignes de vie
Vignes de chance
Vignes de cœur
Au bout des racines il était la terre
La terre tout court
La terre toute ronde
La terre toute seule au travers du ciel
La terre.

VI

LE SATYRE

« Enfin sortir de la nuit,
Sortir de la boue.
Ho! Comme elles tiennent aux pieds et aux membres
La nuit et la boue!
Ce chemin me conduira aux rivières claires où l'on se
  baigne entre deux rives de gazon.
Rivières ombragées par les arbres,
Effleurées par l'aile des oiseaux,
Eau pure, eau pure, vous me lavez.
Je m'abandonnerai à ton courant dans lequel naviguent
  les feuilles encore vertes que le vent fit tomber.
Eau pure qui lave sans arrêt les images reflétées.
Eau pure qui frissonne sous le vent,
  Je me baignerai et je laisserai le reflet de moi–même en
  toi–même, eau pure!
Tu le laveras, ce reflet où je ne veux me reconnaître.
Ou bien emporte-le, loin,
  Jusqu'aux océans qui le dissoudront comme du sel.
Que tombent le veston, le col et la cravate, uniforme
  abominable de la vie grise que je mène.
Que jaillissent les pieds, hors des lourds souliers.
Que glissent le long des jambes, les jambes du pantalon.

Que le tissu me frôle.

Ah! la fraîcheur du vent, la chemise soudain jaillie
Comme le sperme ou la mousse du champagne.

Et cet éclat de ma chair entrevue nue sous un rayon du
  soleil.

Le poil se hérisse, semblable au gazon
Où fleurit, énorme, la fleur du sexe et l'ombre des cuisses.

L'arrivée de l'air dans les corridors sombres et puants
  de la chair,

Les fesses dévoilées, lumineuses, comme un corps de
  nymphe...

Corps flétri, boutonneux, à la chair grise comme ma vie.

Et là, dans la gorge, un désir de bergère et de princesse
  isolées qui naît et remonte comme une nausée.

J'avais jadis des fleurs dans les mains,

J'avais dans la bouche le suc des fleurs et des herbes et
  la sève des arbres et le sable des plages et même la
  terre mouillée des marais,

Une délicieuse amertume à laquelle le vent ajoutait la
  sienne, emplissait ma bouche.

Mon corps était couvert de pollen.

Je sentais le pré, la rivière, et les forêts à fougères et à
  champignons.

Je marchais dans la terre

Jusqu'aux genoux, jusqu'au sexe, jusqu'au nombril, jusqu'à la bouche et aux yeux.

Mais quoi? Seul ici sous ces ombrages...

Ma solitude se peuple des fantômes et des créatures de
  ma sexualité.

Quelle foule! Quelle cohue!... »

Ainsi parle le satyre.

Déjà ses bretelles pendent ignoblement.

Ainsi parle le satyre.

Est-ce bien lui-même, ou se confond-il parmi la multitude de personnages qui l'environnent?

Mais d'abord son décor :

Le mur lyrique aux inscriptions amoureuses,

Le mur contre lequel il colle au crépuscule, comme une affiche, son ombre.

Le mur suintant d'urines de chien et d'homme,

Le mur dont il se détourne,

Comme surpris,

Le mur où, fusillées par d'invisibles fusils, les images de lui-même se superposent, s'agglomèrent et puent.

Et puis la pissotière faiblement éclairée

Aux vitraux multicolores,

Pleine du chant des fontaines,

Odorante, fendue comme une casemate

Ouverte uniquement sur la rue bruyante.

Et puis la forêt...

Semée de champignons obcènes,

Fleurie de fleurs charnues,

Sentant mille odeurs de crime, de trahison, de honte et de mystère.

Au pied d'un arbre, un soir, quand les cloches tintent dans la plaine,

Un désespéré se suicide.

Dans l'ombre d'un buisson deux amants se pénètrent.

Au fil d'un ruisseau, la feuille morte et l'herbe arrachée naviguent.

Dans la boue se marque l'empreinte des pattes d'oiseaux.

Au tronc des chênes, les initiales gravées cessent de signifier quelque chose, année par année.

La noisette mûrit sous les feuilles,

Le bruit dans les terriers.
La morille et la girolle naissent, sentent et pourrissent.
Et toi enfin, satyre,
Guettant le phare des autos,
La nuit,
Pour te débrailler sur le bord de la route
Ou te faire surprendre
Dans une pose de fange
Au détour d'un sentier.

Ah! que brament les cerfs dans les vallons...
Entendre dans ton crâne
Le dernier bruit du monde,
Le retentissement du coup de fusil d'un chasseur mal-
    adroit
Qui jette sa poudre aux moineaux.

Des prêtres déguenillés ont jeté ici leur froc aux orties
Et tu reconnais soudain le sale frisson des confessions,
Le murmure des péchés inventés,
Et l'abîme qui sépare tes rêves déchaînés
Du ventre large ouvert à coups de couteau
Où tu fouillerais l'amas gluant des intestins.
Mais non!
Le satyre rêve et se roule dans le fumier doré de son ima-
    gination.
Son élan, son sexe et son désir
Retombent avant le but.
Croupe souillée,
Dénoncée par la lâcheté même de sa chair,
Le satyre disparaît
Fond

Fuit
S'évanouit.
Et il ne reste
Perdue dans un champ de moineaux
Qu'une défroque d'épouvantail châtré,
Vidée comme un lapin,
Gonflée d'un vent qui vient de loin,
Qui vient d'ailleurs,
Comme le rêve d'amour et la pensée,
Gonflée d'un vent qui vient de loin,
Après avoir séché les draps maculés par l'amour,
Ensemencé d'herbe et de fleurs étranges
Les dépotoirs et les tas d'ordures.
Un épouvantail gonflé de vent et qui ne fait même plus
    peur aux oiseaux et aux enfants.
Puéril comme le jeu de billes,
Puéril comme l'univers secret de tout homme,
Puéril comme la guerre,
Et sanglant et cruel comme la guerre,
Et boueux et honteux comme l'univers secret de tout
    homme,
Et absurde et logique comme le jeu de billes,
C'est le satyre qui s'approche dans l'ombre
Et violente, superpose et foule
Ses rêves tumultueux.

VII

L'HOMME
QUI A PERDU SON OMBRE

— Où l'ai-je laissée? dans quelle cave? dans quel puits?
A quel carrefour du jour et de la nuit?
Dans quelle caverne dans quelle cheminée de fumée et
   de suie?

— Tu marchais peut-être dans les marais
Au crépuscule ou bien parmi tes effets,
Défroque, uniforme aux galons défaits,
(Quel souvenir de jugement et de dégradation!)
Tu l'accrochas par distraction.

— Mais pourquoi cela le gêne-t-il?
L'ombre me paraît tellement inutile.
Il n'y a pas de quoi se faire de bile.

— J'essaie de me souvenir
Mais je n'en ai ni la puissance ni peut-être le désir.

— Cherche au fond des rivières
Où tu mirais encore hier
Ton visage qui est ce que tu possèdes de plus cher.

— Quoi? Ni cœur ni sexe ni diamant
Ni l'ivresse du vin et celle des amants
Ne lui paraissent plus précieux et plus charmants.

— Non, ce qui m'est le plus cher c'est mon ombre.
Qui m'accompagnait sans encombre
Dans les rues bien pavées et les décombres.

— Comme un chien tenu en laisse
Ton ombre pleine de paresse
Était lourde sans qu'il y paraisse.

— Mon ombre était la caverne
Où, comme un œil dans son cerne,
Taureau de feu vendangeur, sanglante hydre de Lerne
Guettaient les rêves taciturnes araignées des citernes

— Eh bien? Si tu perdis la tienne
Envolée par la fente des persiennes
Sur un chemin de poussières aériennes,
Prends-en une autre sans honte ni gêne.

— Voilà qu'il sort son couteau
Et qu'il coupe comme un gâteau
L'ombre immense d'un château.

— De ton ombre s'envolent des ombres
Et ton corps lui-même sombre,
Ombre parmi les ombres, nombre parmi les nombres.

— Je traîne après moi maintes forteresses
Maints paysages de détresses
Et le regret de ma jeunesse.

— Il abomine le soleil et la lune
Et il recherche sa fortune
Dans l'eau putride des lagunes.

— Voilà qu'il jette aux orties
Lundi mardi mercredi jeudi
Vendredi samedi.

— Aujourd'hui c'est Dimanche
C'est le soleil perçant les branches
C'est le muguet c'est la pervenche.

C'est l'oubli des vieux chagrins
Au chapelet le dernier grain
C'est le cheval sans mors ni frein.

Ainsi que sur une image
Mon corps se dresse sur les nuages
Sans ombre et sans âge.

Le vieux tombeau de nos ancêtres
La flamme aux lueurs de salpêtre
Autour de mes membres s'enchevêtre.

Le vieux tombeau de mes pères
Le vieux tombeau c'est la terre
C'est la mer et c'est l'air.

— Ton ombre tombe en ruine
Et tout ton corps se déracine
A l'envers et tombe dans les mines.

— Qu'il disparaisse à jamais
Celui que nulle ombre ne suivait,
Celui qui fut l'homme imparfait.

Car il faut à l'homme son ombre
Au comptable il faut le nombre
Au château les décombres.

— Je renais, baigné de lumière,
Je renais vivant sur la terre
Plus féconde et plus prospère.

Mon ombre n'appartient pas au soleil
Et la nuit pendant mon sommeil
Mon ombre est là sur moi qui veille.

Lasse de suivre les contours
De mon corps pendant le jour
Et de traîner sur terre toujours

Mon ombre enfin sort des limites
Mon ombre enfin sort de son gîte
Et va où son désir l'invite.

Mon ombre se confond avec la nuit
Avec le charbon et la suie
Et fume parce que je vis

Mon ombre envahit la moitié du monde
Et flotte avec les vents et les ondes
Avec les fleuves et la mer qui gronde.

— Son ombre est-elle douée de parole ?
Elle l'injurie et le console
Et joue pour lui les plus beaux rôles.

— Ton ombre elle est galonnée
Mais elle a mis un faux nez
Et chante un refrain suranné.

— A la croisée des chemins
Ton ombre t'a fait de la main
Un adieu jusqu'à demain.

— Jusqu'à toujours elle est partie
Pour fonder parmi les orties
Dans tes rêves une dynastie.

— Il la retrouvera quand l'heure
Sonnera où sans couleur
Le corps qui meurt perd sa chaleur.

— Mon ombre elle est là dans ma tête
Bien enfoncée dans sa cachette
Mon ombre est sourde aveugle et muette.

— Je suis ton ombre du matin
Celle du jour à son déclin
Et de midi sur les jardins.

— Elle est aussi l'ombre de nuit
C'est elle qui tourne et le suit
Quand le réverbère s'allume et luit.

— Je suis environné d'ombres
Car il est l'ombre de son ombre
Un nombre parmi les nombres.

— Le sang circule dans mes veines,
Je m'incarne et, pleins d'oxygène,
Mes poumons respirent sans peine.

Je m'en vais parmi les vivants
Je marche vers la lumière
Et mon ombre n'est pas derrière :
Comme il se doit elle est devant.

— J'entendais jadis une voix
Elle se tait et dans les bois
L'écho lui-même se tient coi.

— Tu te dissous et moi aussi
Et notre mort sans autopsie
Ne laissera pas trace ici.

— J'entends l'orchestre de la fête
Les chants et les cris du travail.

Aucun obstacle ne m'arrête
Libre et vivant dans ma conquête

Car les muses sont illusoires
Dont le cœur reste silencieux.
Ce n'est pas dans les ciboires
Que le vin se boit le mieux.

La vie est au cœur de la vie,
Le sang qui chante sous la chair
Dessine la géographie
Du corps, du monde et du mystère,

Rapport de l'astre et de la terre,
Rassurant témoignage, aimable compagnon,
Ombre flexible et jamais solitaire
C'est dans tes plis que nous dormirons.

VIII

BACCHUS ET APOLLON

Marchant ensemble, en compagnons
Voici Bacchus et Apollon,
Le temps est court, l'espace est long.

Frères ennemis,
Qu'il fasse jour, qu'il fasse nuit,
Une seule ombre vous précède et vous suit.

Pivot d'une horloge indéchiffrable
Votre couple marche sur le sable :
Beaux enfants de la Fable.

Je vous suis à travers les forêts,
Je vous suis à travers les marais,
A travers tout ce qui est.

Je vous suis jusqu'à la clairière
Où jaillit l'eau dans la lumière...
Nécessaires à la terre.

Alors vous avez lutté
Et vous voilà ensanglantés,
Le ventre ouvert, les yeux crevés.

Bataille semblable à l'amour,
Étreinte féconde du jour
Avec la nuit qui revient toujours.

Que s'enfle votre ventre
De larves et de vers qui entrent
Vers votre cœur et votre centre.

Mettez bas comme des femelles,
Après votre lutte fraternelle
La mort vous donnera des ailes.

Bacchus et Apollon,
Sales geôliers de nos prisons,
Cadavres dont nous périssons,

Couple infâme et semblable à l'homme
Qui n'a jamais connu, en somme,
Qu'un seul aspect des choses qu'il nomme.

Ah! voir se dérouler ensemble
La nuit calme et le jour qui tremble,
Le crépuscule et l'aube et minuit et midi.

Qui sortira de vos entrailles
Sera le bâtard de vos funérailles,
De vos mensonges et de vos épousailles.

Ce sera de nouveau la sirène
Avec son diadème de reine
Et ses chants doux comme la laine.

Chaque matin le soleil se lève
L'ombre se dissout dans l'ombre
L'homme réfléchit l'homme.

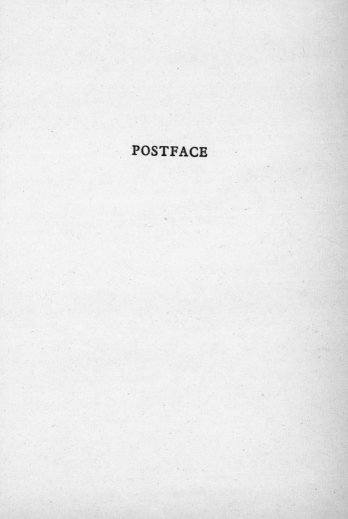

POSTFACE

Fortunes, *qui rassemble les poèmes d'une période de dix ans (les plus récents sont vieux de cinq), me donne l'impression d'enterrer ma vie de poète.*

Mais, en revanche, à la faveur de l'éloignement, je puis porter sur ces vers un libre jugement. Je ne méconnais point ce qui a vieilli dans les deux premiers poèmes. J'y délimite les déserts qui séparent des passages d'une inspiration plus ardente. Mais, si une image a jamais excusé un défaut, je les comparerai à ces espaces vides où le vent se repose, où les oiseaux grands voiliers suspendent leur course. Une certaine impudeur me gêne encore dans ces textes dont l'architecture tend au grandiose mais se dégage mal d'un brouillard verbal. Une de mes ambitions, en effet, est moins de faire maintenant de la poésie, rien n'est moins rare, que des poèmes dont mes camarades et moi, vers 1920, nous niions la réalité, admettant alors que, de la naissance à la mort, un grand poème s'élaborait dans le subconscient du poète qui ne pouvait en révéler que des fragments arbitraires. Je pense aujourd'hui que l'art (ou si l'on veut la magie), qui permet de coordonner l'inspiration, le langage et l'imagination, offre à l'écrivain un plan supérieur d'activité. Ai-je réussi? Je pense que oui en ce qui concerne l'Évadé, Baignade,

161

Coucou, la Ville de Don Juan, 10 juin 1936. *J'ai des doutes en ce qui concerne le reste du recueil. Je note pourtant des progrès dans la recherche d'un langage poétique, à la fois populaire et exact, et des trouvailles, particulièrement dans des fins de poèmes qui restent comme suspendus (et non pas inachevés). C'est cette recherche d'un langage familier et lyrique qui devait m'amener à reprendre les lieux communs, les thèmes en apparence usés. J'aurais joint à ce recueil, si je l'avais retrouvé, le texte de la* Cantate pour l'Inauguration du Musée de l'Homme[1], *dont Darius Milhaud composa la partition. Elle était une étape, entre la* Complainte de Fantômas *et* l'Homme qui a perdu son ombre, *vers le but auquel je tends : l'opéra considéré comme la plus parfaite expression possible du lyrisme et du drame.*

Je signale encore ma tendance, sinon ma manie, aux « moralités ». *Elle est apparente dans presque tous les poèmes de* Fortunes *et sans doute se manifeste aux dépens de la poésie.*

Que ferai-je à l'avenir ? Si tous les projets ne se mesuraient à la longueur de la vie, je voudrais reprendre des études mathématiques et physiques délaissées depuis un quart de siècle, rapprendre cette belle langue. J'aurais alors l'ambition de faire de la « Poétique » *un chapitre des mathématiques. Projet démesuré certes, mais dont la réussite ne porterait préjudice ni à l'inspiration, ni à l'intuition, ni à la sensualité. La Poésie n'est-elle pas aussi science des nombres ?*

1: Nous publions ci-après le texte inédit de cette *Cantate* écrite par Robert Desnos en 1937 pour être accompagnée d'une musique de Darius Milhaud. L'œuvre fut créée le 11 octobre 1937 par l'orchestre de Radio-Lille, sous la direction de Manuel Rosenthal, avec Madeleine Milhaud comme récitante.

CANTATE POUR L'INAUGURATION DU MUSÉE DE L'HOMME

dédiée au Vicomte Charles de Noailles

I

THÈME : *La terre inhabitée roule parmi les étoiles tandis que les éléments s'organisent et que la vie apparaît.*

CHŒUR :

Dans le ciel aux soleils dispersés, dans le ciel
Soleils sans nom, azur sans nom, ciel anonyme
Aucun œil n'a fixé la lumière et pourtant
La terre roule et tourne et roule et roule et tourne
Constellations, beaux chariots d'or, comètes fluides
Ciel brisé, ardeur et vigueur, la terre roule
Ardeur la terre roule et vigueur et chaleur, couleur et
[lumière

Le chemin de la terre est tracé dans le ciel
La terre tourne et roule et tourne et tourne et roule
O destin somnambule entraîné par ton poids
Sommeil de plomb, rêves de feu, la terre tourne
Rien n'existait avant que l'homme ait vu les choses

Et nommé d'un nom chaque chose en lieu et place
Vigueur, le ciel s'allume et s'éteint tour à tour au fil
[des années.

Terre! Terre! Terre!
Nul vaisseau n'aperçoit tes rivages
Terre! Terre! Terre!
L'eau, le feu et l'air
L'air, le feu et l'eau
Terre! Terre! Terre!
Ah qu'il naisse et qu'il vienne
et la viole
Terre! Terre! Terre!
L'eau, le feu et l'air
Le feu, l'air et l'eau
Terre! Terre! Terre!

2

THÈME : *La terre avant l'homme. Lutte de la mer contre la terre. La glace, le feu, le premier chant d'oiseau, les premiers cris d'animaux, couchers et levers du soleil, marées, volcans, vents, murmure des forêts, croissance des végétaux... etc.* [1].

1. Tout ceci à titre de simple indication, cette partie ne devant pas, à mon avis, déborder sur le thème principal. Dans cette partie : pas de chœurs (*Note de R. D.*).

3

THÈME : *Dans les bruits habituels de la terre, un cri surgit. Il provoque le silence des choses et des êtres. Puis les bruits habituels recommencent de nouveau troublés par le même cri. Après des alternatives de silence ce cri, le cri de l'homme, prend sa place parmi les autres bruits habituels de la terre*[1].

L'homme (le mime) paraît.

4

THÈME : *L'homme découvre la terre et ses éléments, les êtres et les choses. L'homme en butte au froid et au chaud, à la faim, à la soif, aux fauves, à l'eau, à la peur des phénomènes. La saveur des fruits et des racines. Les moissons. L'homme découvre sa main, la nage. L'homme contemple le vol des oiseaux.* (Ces thèmes réalisés par la musique et illustrés par le mime).

5

THÈME : *L'homme invente la parole et nomme les choses et les êtres. L'écho répète les premières paroles. L'homme*

1. *Chœurs :* a) pour les voix de femmes : des vocalises. b) pour les voix d'hommes : des sons à bouche fermée et des syllabes rudimentaires, *par exemple* (Rrou, Rra, Rrou; fff, flou, wou; ma, maan, moan; zzza, etc.) *(Note de R. D.).*

entend sa propre voix. L'homme entend d'autres voix qui
lui répondent.

CHŒUR :   Homme !
                 Homme !
                 Homme !

        Homme ! il est d'autres hommes
        Échange avec l'homme
        La parole amicale
        Et le cri de combat.
        Homme ! il est d'autres hommes
        Échange avec l'homme
        La flatterie et l'injure
        Le sens du vent
        La direction prise par les animaux sauvages
        La recette pour avoir du feu.

        Homme ! il est d'autres hommes
        Nomme chaque chose
        Nomme l'arbre et la rose
        Et nomme le soleil
        Homme ! il est d'autres hommes
        Invente la phrase
        Le nom d'homme et le mensonge
        Le mot de mort
        Le mot d'amour et le hurlement de faim
                                    [sauvage
        Le chant de joie le chant de douleur.

        Jour, et nuit et les heures
        Les saisons par quatre
        La lune et les étoiles
        Terre, froid et chaud, lumière

L'éclair et l'océan
Sur le corps des hommes
Sur les mains de tous les hommes
Sur leurs deux yeux
La vie de l'homme et le dur labeur de
                    [l'homme, ô rêve !
Le bon sommeil calmant la douleur,

Homme ! il est d'autres hommes.

6

THÈME : *L'homme combat les choses et les êtres. L'homme
transforme le « désir » en « amour ».*

Taille le silex.
Fonds le bronze.
Martèle le fer.
Endigue le fleuve.
Abats les arbres.

Construis la maison.
Couds la robe.
Pourchasse le loup.
Poignard, arc et flèches.
Creuse la terre.

Lance le bateau.
Tends la voile.
Dompte le cheval.

Et le cours des astres.
Écris l'histoire.

Et voici l'amour semblable aux mers et aux
[fleuves.
Et voici l'amour semblable aux flammes.
L'amour avec ses courants, ses marées,
Ses ténèbres.

Et voici l'amour avec ses fers et ses chaînes
Et voici l'amour tapis magique
L'amour qui tue le désir, voici l'ombre,
Les ténèbres.

7

THÈME : *L'homme admire ses conquêtes.*

SOLO :   La terre était hostile.
CHŒUR :   La terre nous est soumise.

SOLO :   La terre était aride.
CHŒUR :   Moissons aux tendres murmures.

SOLO :   Nous avons fouillé la terre.
CHŒUR :   Charbon, charbon plein de flammes.

SOLO :   Le fer est notre esclave.
CHŒUR :   L'arme, l'outil et la chaîne.

SOLO :   Nous avons bâti la maison.
CHŒUR :   Et la prison !

SOLO :   Et le remède aux maladies
CHŒUR : Et l'échafaud !

SOLO :   Terre ! Terre ! ô notre domaine
          A la lumière de ton ciel
          Nous vivons.
          Terre ! Terre ! aux saisons diverses
          Nous avons volé leurs trésors
          Nous vivons.
          Terre ! Terre ! à tes créatures
          Nous avons ajouté les dieux
          Nous vivons.

CHŒUR : Fantômes ! voici les fantômes

SOLO :   Soleil ! Soleil ! voici les dieux !
CHŒUR : Et la mort !

8

THÈME : *L'Homme combat l'homme.*

SOLO :   Respect aux maîtres.
          Respect aux dieux.
          Respect aux ombres.
          Respect aux morts.

CHŒUR : Vivre libre.

SOLO :   Obéissance !
          Courbez le front !

Obéissance!
A deux genoux.

CHŒUR : Vivre libre.

SOLO : Non.
 (le combat doit s'exprimer par la musique. Toute parole ici « indéfriserait » le ridicule).

9

THÈME : *Joie des ennemis de l'homme.*

SOLO : J'entends hurler les loups
CHŒUR : Les loups et les corbeaux...

SOLO : J'entends monter la mer
CHŒUR : La mer et la forêt.

SOLO : A quoi sert le tombeau
CHŒUR : A nourrir la terre.

SOLO : Nous pourrions vivre heureux
CHŒUR : Guerre. Guerre et combats.

SOLO : Nous pourrions vivre heureux
CHŒUR : Obéis aux leçons

CHŒUR : Nous pourrions vivre heureux.
SOLO : Nous pourrions vivre heureux.

10

THÈME : *L'homme vainqueur des symboles.*

CHŒUR :   Du fond de l'ombre et des abîmes
Nous rêvons à toi, ciel d'été
Au bon sommeil dans les nuits tièdes
Par les astres illuminé.

SOLO :   L'Ombre du temple.

CHŒUR :   Nous voulons aimer sans mensonge
Et marcher le long des chemins
Sans nous méfier des autres hommes
Sans avoir d'arme dans nos mains.

SOLO :   Détruis le temple.

CHŒUR :   Nous avons vu notre visage
Par un gai matin de printemps
Dans les flaques d'eau transparentes
Et dans les miroirs de l'étang.

SOLO :   Ho! camarades!
Détruisez le temple et l'idole
Tracez les allées du jardin
Échangez la clef des langages.
La nuit pâlit.

CHŒUR :   C'est le matin.

II

THÈME : *L'Homme réconcilié avec l'homme.*

CHŒUR : Aux lumières du matin,
Aux sources de la vie,
Où s'abreuve le destin,
Vieux cheval des prairies,
Courons aux bords des fleuves
Nous laver des cauchemars.
Voici la journée neuve
Et son trésor de hasards.

Aux lumières du matin
S'effilochent les ombres,
La nuit chargée d'un butin
D'anciens astres sans nombre.
Courons aux bords des fleuves
Nous baigner au fil de l'eau,
Que la terre s'émeuve
Par la voix de ses échos.

Aux lumières du matin
Accourez camarades
Vivre n'est plus incertain
Chantons tous camarades !
Venez aux grandes moissons,
La terre aux camarades
Soumet enfin les saisons.

LA VIE ET L'ŒUVRE
DE ROBERT DESNOS

1900, 4 juillet. Naissance de Robert Desnos, à Paris. Son père est mandataire aux Halles. L'enfant passera toutes ses années de jeunesse dans le quartier Saint-Martin, dont les rues se nomment Quincampoix, Nicolas-Flamel ou Saint-Merri et dont l'atmosphère à la fois historique, magique et populaire devait exalter son imagination avant d'inspirer souvent sa poésie. Études à l'école communale, puis, quelque temps, au lycée Turgot. Surtout — à partir de six ou sept ans — il dessine et peint, lit des romans populaires et commence à noter ses rêves.

1917. Le jeune homme, qui a quitté sa famille va, tout en vivant de divers métiers, écrire et publier, d'abord dans des revues ; deux ans plus tard, en 1919, *Le Fard des Argonautes* et *L'Ode à Coco*. Il rencontre aussi ses premiers amis : Benjamin Péret, André Breton, Aragon, Tristan Tzara, Ribemont-Dessaignes, qui font déjà partie du mouvement Dada et viennent de créer la revue *Littérature* (1919).

1920. Robert Desnos fait son service militaire au Maroc.

1922. De retour à Paris, il retrouve ses amis, avec d'autres, en particulier Paul Eluard, Philippe Soupault, René Crevel, enfin tous ceux qu'on appelle maintenant les surréalistes ; il participe aux séances de sommeil hypnotique organisées par ceux-ci (il y apparaît vite comme le plus doué) et collabore à la revue *Littérature* (« Rrose Sélavy » et des récits de rêves y paraissent cette même année), puis après à *La Révolution surréaliste*. Jusqu'en 1929, il prend part à toutes les activités du groupe surréaliste, signe la plupart des tracts, fréquente les lieux qui seront bientôt liés à sa légende, du passage de l'Opéra et du bar Certa à la Centrale surréaliste où il rencontrera, en 1924, Raymond Queneau et à la rue du Château où il rencontrera, en 1925, Jacques et Pierre Prévert, Marcel Duhamel et quelques autres.

1924. *Deuil pour deuil* (Éditions Kra).

1926. *C'est les bottes de sept lieues cette phrase « Je me vois »*, avec des eaux-fortes d'André Masson (Galerie Simon).

1927. *La Liberté ou l'amour !* ouvrage condamné et mutilé par jugement du tribunal correctionnel de la Seine (Éditions Kra).

1930. *Corps et biens* (N.R.F.).
The Night of Loveless Nights, avec des illustrations de Georges Malkine (H. C., Anvers).
Cette même année 1930, Robert Desnos, qui vient de se séparer, avec quelques autres, d'André Breton et de ses disciples, écrit dans un pamphlet : « Le surréalisme est tombé dans le domaine public, à la disposition des hérésiarques, des schismatiques et des athées »... C'est dans le « domaine public » — le journalisme, la radio, la chanson, le cinéma, un moment la publicité — aussi bien que dans la poésie, qu'il en poursuivra désormais l'esprit. A la liste des premiers amis auxquels il est resté fidèle, en particulier Roger Vitrac, le peintre Malkine, le docteur Théodore Fraenkel, il faut en ajouter beaucoup d'autres : Picasso, Miró, Félix Labisse, les Deharme, les Deharme, Armand Salacrou, Henri Jeanson, Jean-Louis Barrault... Et il a fait la rencontre de Youki, qui va devenir sa femme.

1934. *Les sans cou*, avec des eaux-fortes d'André Masson (H. C.).

1939. Robert Desnos est mobilisé, fait prisonnier puis libéré, et rentre à Paris où il continue à écrire et à publier.

1942. *Fortunes* (N.R.F.).

1943. *Le vin est tiré*, roman (N.R.F.).
État de veille, avec des gravures de Gaston-Louis Roux (Robert Godet).

1944. Robert Desnos, qui fait partie d'un réseau de résistance, est arrêté, un matin de février, par la Gestapo. Il partira bientôt pour le camp de Buchenwald; puis connaîtra, pendant plusieurs mois, l'exode misérable à travers les villes concentrationnaires nazies.

La même année 1944, paraissent :

Contrée, avec des illustrations de Picasso (Robert Godet);

Le bain avec Andromède, avec des illustrations de Félix Labisse (Éditions de Flore);

Trente Chantefables pour les enfants sages (Librairie Gründ).

1945, 8 juin. Au camp de Térézine, en Tchécoslovaquie, que les SS ont abandonné à l'arrivée des forces alliées, Robert Desnos, malgré les soins qui lui sont donnés, meurt d'épuisement à l'âge de quarante-cinq ans.

La même année 1945, paraissent :

Félix Labisse, essai (Sequana);

La Place de l'Étoile, antipoème (Rodez).

1967. La ville de Sarcelles donne le nom de Robert Desnos à sa nouvelle École maternelle.

PUBLICATIONS POSTHUMES :

1946. *Choix de poèmes*, avec une préface de Georges Hugnet (Éditions de Minuit).

1947. *La Rue de la Gaîté*, avec des illustrations de Lucien Coutaud (« Les 13 épis »);

Les Trois Solitaires, avec des illustrations d'Yvette Alde (« Les 13 épis »);

Les Regrets de Paris (« Journal des poètes »).

1952. *Chantefables et chantefleurs*, avec des illustrations de Christiane Laran (Librairie Gründ).

1953. *Domaine public*, volume contenant la majeure partie de l'œuvre poétique de Robert Desnos, avec un avant-propos de René Bertelé (Le Point du jour, N.R.F.).

De l'érotisme considéré dans ses manifestations écrites et du point de vue de l'esprit moderne, essai (Cercle des Arts).

1962. *La Liberté ou l'amour !* suivi de *Deuil pour deuil* (N.R.F.) (nouvelle édition en un seul volume).
Calixto, suivi de *Contrée* (N.R.F.).

1966. *Cinéma,* textes réunis et presentes par André Tchernia (N R F)

1968. *Corps et biens,* préface de René Bertelé (Poésie/Gallimard).
1969. *Fortunes,* suivi de la *Cantate pour l'inauguration du Musée de l'Homme* (1937, Poésie/Gallimard).
1975. *Destinée arbitraire,* textes réunis et présentés par Marie-Claire Dumas ; le volume reprend, parmi d'autres, *État de veille* et *Le bain avec Andromède* et donne de nombreux inédits (Poésie/Gallimard).
1978. *Nouvelles Hébrides,* édition présentée et établie par Marie-Claire Dumas (N.R.F.).

TABLE

IV   COMPLAINTE DE FANTÔMAS

V. LES PORTES BATTANTES (1936)

VI. LE SATYRE

DU MÊME AUTEUR

Dans la même collection

CORPS ET BIENS. *Préface de René Bertelé.*
DESTINÉE ARBITRAIRE. *Édition de Marie-Claire Dumas.*

Ce volume,
le quarante-deuxième de la collection Poésie,
a été achevé d'imprimer sur les presses
de l'imprimerie Bussière à Saint-Amand (Cher),
le 14 mars 1988.
Dépôt légal : mars 1988.
1er dépôt légal dans la collection : mars 1969.
Numéro d'imprimeur : 4002.

ISBN 2-07-030086-2./Imprimé en France.

43077